천사의 눈물

천사의 눈물

대양미디어

나의 자화상(自畵像)

나는 어렸을 때부터 글 쓰는 것이 취미였고, 내가 성장하면 한 편의 소설을 멋지게 쓰는 사람이 되어야겠다 생각하였기에, 항상 소설을 쓰는 꿈만 꾸어 왔다.

젊은 날에는 가족을 먹여 살리느라 정신이 팔려 세월 가는 줄 몰랐으며, 그러나 다소 여건이 된들 마음만 있었지 막상 펜을 잡아, 한 편의 소설을 써 보리라 결심하고 원고지를 앞에 두고 하얀 밤을 지새웠으나 단 한 줄의 글도 쓰지 못했다.

나는 언제나 거창한 글을 쓴다는 생각은 애당초 하지 않았으며, 다만 다정한 친구에게 마음 깊숙이 새겨둔 이야기를 소곤소곤 나누는 것처럼 한 장, 한 장 써 내려간 것이 첫 번째 장편소설 『지옥에서 온 편지』이다.

이번에 출판하는 제2 소설집 『천사의 눈물』은 계간 「문학과

현실」 신인 문학상 소설 부문 공모에 당선한 작품으로…. 비로소 나는 참으로 오랜 기간 기다려온 '소설가'라는 타이틀을 가지면서 문단에 정식으로 등단(登壇)하였다.

　나는 이 세상 사람들… 예외 없이 모두 '소설가'가 될 수 있다는 소박한 생각을 가진다.

　그러나 거기에는 많은 열정과 도전이 반드시 필요하다. 언젠가 나도 세기의 거장처럼 불후의 명작을 한 편 남기고야 말겠다는 생각을 한시라도 멈춘 적이 없다. 이 세상의 모든 독자들이 감탄할 그러한 작품을 말함이다.

　한없는 정진과 열정으로 반드시 소설가로서의 내 작은 소망을 이룰 것이다.

　정녕, 그것은 꿈이 아니라 멀지 않은 그날 반드시 이룰 나의 시대적 소명이며 현실이 되리라 약속한다.

　제2 소설집 『천사의 눈물』에 많은 독자의 관심과 비평을 진심으로 바란다.

　이 책을 내어주신 「대양미디어」의 서영애 사장, 기획 편집에 정영하 님께 감사의 인사를 드린다.

2011년 6월

수락산 寓居에서 저자 識

차 례

천사의 눈물

01

화목했던 가정

2009년 10월 18일 저녁 11시 남양주시 도농 지수의 집.

은은한 조명아래 지수와 그의 남편 동욱 그리고 아들 철승, 여동생 숙희와 그의 딸 성현, 이렇게 다섯 명이 사각 탁자에 모여 앉아 오리고기와 앵두주를 즐겁게 나눠 마시며 이야기를 나누고 있었다.

이야기의 주제는 37세의 탈북자이며 파렴치범 장철호에 관한 이야기였다.

먼저 지수가 이렇게 말을 했다.

"어제 우리는 007을 능가하는 작전을 성공했기에 말이지 까딱 잘못했더라면 아주 큰 사건으로 벌어져 큰 일이 날 뻔 했어요."

"하하하! 그래 이번 일은 당신의 그 센스 덕분에 무사히 잘 마무리 된 것 같아요, 그런 면에서 당신은 이번 일의 일등공신으로 생각합니다."

그녀의 남편 동욱이가 거들고 나섰다.

그 말에 웃지도 울지도 못하는 여인이 있었으니 그녀는 다름 아닌 숙희였다.

"제가 21살 어린 나이에 세상물정 모르고 결혼을 하여 지금까지 살아오면서 남편 외에 다른 남자를 생각한다는 것은 정말이지 꿈같은 이야기였어요."

"더군다나 5년 전부터는 아무도 없는 산 속에서 소 우사를 짓고 소를 키우면서 오로지 소하고만 대화하고 소에 의지해서 살고 있잖아요?'

"아니 왜 소하고만 산다고 생각하니, 남편이 곁에 있고 애들도 맨날 같이 있는 것은 아니지만 애들이 자주자주 들려 서로 의지가 되어주지 않니?'

"언니는 그런 소리 하지 말아요, 남편! 그 남편은 허구한 날 술밖에 모르고 술만 먹었다 하면 일 잘못한다고 소리치고 구박이나 하는데 무슨 의지가 돼요?'

어느 사이 옆에 앉아 조용히 이야기를 듣고 있던 성현이의 눈에는 눈물이 뺨을 타고 흘러내리고 있었다.

어린 딸아이가 어느새 커서 이제는 법학을 전공하는 24살 대학생이 되어 있었다. 성현이는 엄마의 딸이기도 했지만 유일한 말동무이기도 한, 딸 그 이상의 존재가 되어 있었다.

"나는 지금까지 살면서 엄마가 힘들게 살아간다는 것은 알았지만 진짜 엄마가 이렇게까지 힘들게 사는 줄은 몰랐어, 엄마!'

"아빠가 어떨 때는 우리들이 옆에 있는 데도 엄마에게 고래고래 소리를 지르고 화를 내며, 심지어는 삽을 들고 엄마를 찍어 죽인다고 할 때도 엄마는 그걸 그냥 아무렇지도 않게 생각하고 잘 넘기기에 우리들도 그렇게 심각하게 생각하지 않았던 거야. 그런데 이제 엄마의 이런 모습을 보니까 내 가슴이 너무 아파요."

형광등 불빛이 모두를 감싸고 있었으나 그렇게 밝지는 않아 어느 조용한 강변의 라이브 카페에 앉아 있는 기분이 들었다.

컴퓨터에서 들려오는 음악소리가 온 집안에 은은히 울려 퍼지고 있었다.

'나의 길을 가고 있다고~ 외치면 돼~~~'

노래 소리 끝에 정적을 깬 사람은 지수였다.

"야! 그래도 너희 모녀는 앞으로 정말 조심해야 한다."

"만약에 네 남편 동진이가 이런 사실을 알기라도 하면 아마 너를 그냥 살려 두지는 않을 거야, 진짜 조심해. 그리고 어느 누가 죽고 사는 것이 문제가 아니고 시골 그 촌 동네에 소문이라도 퍼져 봐라 동네 사람들이 너를 얼마나 욕하고 다니겠니?"

"일꾼 놈하고 정을 통하고 돈까지 빼앗긴 화냥년이라고 말이야, 만약에 그랬다간 봐라 너희 식구들은 거기서 살지도 못

하고 밤에 보따리 싸서 이사 가야 해."

하면서 재차 입단속을 시켰다.

"언니는 그런 걸 말이라고 해 그런 일이 없어야지, 만약에 그런 소문이라도 나면 나는 혼자 농약이라도 먹고 죽어 버릴 거야."

"엄마!~"

성현이가 꼭 잡고 있던 손을 풀면서 엄마의 얼굴을 쳐다보았다.

"뭐? 농약?"

그러자 옆에 있던 이모가 나섰다.

"저! 저애 말하는 것 좀 봐라, 하면 다 말인 줄 아는 모양이여 저애가."

"이제 그만 좀 해, 엄마! 만약에 엄마가 농약 먹고 죽는다면 아빠는 중국에서 여자하나 데려다 산다고 하지만 영일이는 어떻게 하고, 난 또 어쩌라고 자꾸 죽는다고 해, 흑~흑~흑~"

순간 분위기를 바꿔보려고 동욱이가 나섰다.

"자! 자자 우리 이제 그런 얘기 그만하고 앞에 있는 술잔이나 비웁시다. 건배하자구, 잔들 들어요."

숙회가 손등으로 눈물을 쓱 닦으며 술잔을 들고 말했다.

"형부, 노래 끝내주게 잘해. 지난번에 노래방에서 언니하고 듀엣으로 하는데 아주 기가 막히던데."

"엄마 언제 이모부랑 노래방에도 가 봤어?"

"그럼! 처음 언니 집에 왔을 때 같이 노래방에 한 번 가 봤어."

"언니! 그 노래 제목이 뭐지?"

"조항조의 '영원한 사랑을 위해' 야, 그 노래 정말 좋지?"

"그래, 정말. 그 노래 곡도 좋지만 가사가 마치 언니와 형부를 두고 지은 것 같았어. 정말 오늘밤에 그 노래 다시 한 번 듣고 싶다."

"좋아요, 이제 우리 술은 그만하고 노래방으로 갑시다."

그 말에 숙희가 벌떡 자리에서 일어났다.

"아니 처제! 아무리 급해도 먹던 술은 마저 마시고 가야지 술을 남겨두고 가자고?"

"야! 숙희야, 지금 여기도 웬만한 라이브 카페보다 더 나은데 노래방은 천천히 가자."

"언니 그러지 말고 빨리 일어나, 나는 노래방에 가고 싶어."

숙희는 나머지 잔을 비우고 약간 비틀거리면서 자리에서 일어났다.

옆에서 동욱이 숙희의 팔을 붙들면서,

"조심해요, 처제!"

하며 같이 일어나 지수를 보면서 눈짓을 보냈다.

모두들 얼굴이 불그레하게 술이 취한 것 같았다.

천사의 눈물

02

새로 들어온 일꾼

02

영산강 상류가 굽이쳐 흐르는 전라남도 함평군 나산면 구산리에 자리 잡고 있는 동진의 농장, 함평은 한우로 유명한 고장이었다.

현재 임신한 소만도 20여 마리이고 몸 상태가 좋지 않아 설사를 하고 있는 소도 2~30마리나 되었다. 거기다가 새로 태어난 송아지가 여섯 마리인데 송아지들은 이제 막 걸음마를 배워서 이리 뛰고 저리 뛰며 난리를 피우고 있었다.

소의 여물도 여물이지만 소똥도 며칠째 치우지 않아 사방에서 파리 떼가 들끓고 냄새 또한 장난이 아니었다. 숙희는 혼자서 피리약 칠 엄두가 나질 않아 들끓는 파리 떼를 그냥 두고 볼 수밖에 없었다.

"아휴! 이걸 어쩌나 우사도 치워야 하고 파리약도 쳐야 하는디 일꾼은 언제나 오려나, 정말 힘들어서 못해 먹겠네."

숙희는 혼잣말을 중얼거리며 날씨가 더운지 얼굴에 연신 부채질을 하고 있었다.

"따르릉! 따르릉!"

"여보세요! 여보세요!"

"네!"

"거기 함평에 있는 직업소개소지요?"

"네!"

"여기 구산에 있는 동진농장인디요, 아 그 저기 사람 좀 구해달라는 말인디요, 아직 마땅한 사람 없어요?"

"네, 아직 마땅한 사람이 없는디요."

"아 그럼 언제쯤이나 된데요?"

"그야 지도 그건 잘 모르것는디요 잉~ 아무튼 마땅한 사람 나타나면 바로 연락 드리것습니다요."

"아 여기 일이 좀 급해서 그러는디 사람 좀 빨리 구해 주세요."

"아 알았당께요, 저희도 열심히 찾고 있으니 쪼까 더 좀 기다려 보드라고요."

"잘 좀 부탁해요, 안녕히 계시드라고요."

"철커덕!"

숙희는 소화기를 집어던지다시피 내려놓고 다시 소 여물을 리어카에 실어 날랐다.

"음메! 음메!~"

여기저기에서 어미 소가 새끼 송아지를 부르는 소리가 요란

했다. 이렇게 어미 소가 송아지를 부르면 송아지들은 더욱 펄쩍펄쩍 뛰면서 왔다 갔다 하기 때문에 정신이 없다.

숙희는 식은 밥 한 숟가락으로 점심을 때우고 하루 종일 소와 씨름을 하고 있었다.

이때 동진이 함평 장에 가 소를 사서 화물차에 가득 싣고 농장으로 올라왔다. 동진이 차를 세우고 화물차 뒷문을 열자 소들이 낯이 설어서인지 차 안쪽으로 몰려 있어 밖으로 나올 생각을 않았다.

동진은 화물차 뒤로 올라가 소 고삐를 잡고 끌어 내리려고 안간힘을 쓰고 있었다.

"이랴! 이랴! 이놈의 소 새끼야 빨리 내리란 말이여, 오메 환장 하것네."

하면서 아무리 고삐를 잡고 끌어 내리려 해도 소는 뒤로 바짝 버티면서 내려올 생각을 하지 않았다.

그 모습을 쳐다보고 있는 숙희를 힐끗 쳐다보더니 소리를 냅다 질렀다.

"뭣하고 있냐? 이눔의 여편네야! 빨리 저쪽 가서 소를 좀 몰지 않고."

라는 말을 듣고 황급히 옆에 있던 긴 빗자루를 들고 건너편으로 가 소를 몰기 시작하였다. 그러나 소들은 궁둥이를 요리 틀고 저리 틀 뿐 빨리 차에서 내려오질 않았다.

"올라 가! 올라 가!"

동진은 벽력과 같은 고함을 질렀고 숙희도 뒤질세라,

"가만있어 봐, 시방 올라 갈려도 다리가 짧아 안 닿잖어!"
라며 고함을 질렀다.

"저 씹할 년이 그것도 못 올라 가냐?"

"아이 나 몰라, 그렇게 욕하믄 나 안 해."
하면서 숙희가 들고 있던 빗자루를 획 내 던지고 돌아서 버렸다.

"으이그 저 씹할 년을 삽으로 확 맥아지를 내 찔러버릴라,
개좆같은 년."
하고 욕을 해댔지만 숙희는 현관문을 열고 들어가 문을 "꽝!"
하고 닫아 버렸다.

동진은 하는 수 없이 혼자서 몸부림을 치며 소를 끌어 내리려고 발버둥을 쳤지만 역부족이었다.

동진은 현관문 쪽을 힐끔 한번 쳐다보더니 다시 소리를 질렀다.

"빨리 나와! 진짜로 열 받게 하지 말고 씹할 년아! 성질나면
집구석이고 뭐고 확 불 싸질러 버릴랑께."
하면서도 연신 소고삐는 손에서 놓질 못했다.

방으로 들어간 숙희도 화를 내면서 들어오긴 했으나 불안했는지 창문을 통해 밖을 슬쩍 내다보니 동진이 혼자 쩔쩔매는

것이 불쌍해 보였다. 그러는 순간 다시 동진의 도움의 소리가 들려오자 숙희는 다시 신발을 신고 밖으로 나가 긴 빗자루를 거머쥐었다.

"딱! 딱!"

차 뒤로 가서 사정없이 내리 치니까 깜짝 놀란 소들이 펄쩍 뛰면서 차에서 한 마리가 내려오니 다른 소들도 모두 뒤를 따라 줄줄이 뛰어 내렸다.

동진은 우사로 소를 끌고 들어갔고 나머지 소들도 숙희가 뒤에서 긴 빗자루를 들고 몰고 있었기에 무사히 우사로 들어갔다.

동진은 술에 많이 취해 있었지만 아까 화를 내면서 욕을 했던 것이 미안했던지 숙희의 눈치를 보며 낮은 소리로 말을 건넸다.

"오늘도 일꾼 안 왔어?"

"그래 안 왔어!"

숙희는 아직도 화가 덜 풀린 목소리다.

"그럼 전화라도 한번 해보지 그랬어?"

"해 봤어."

"뭐래?"

"우리한테 올 사람이 없디야!"

"관두라고 혀 씹할눔들, 내가 혼자 다 한다고 혀."

"혼자 허든지 둘이 허든지 왜 나한테 소리를 질러? 나도 하루 종일 힘들어 죽겠는디."

하면서 숙희는 우사를 부지런히 빠져나와 현관문 쪽으로 갔다.

동진한테 술 냄새가 많이 났는지 숙희는 코를 찌푸리고 우사 문을 잠그고 있는 동진을 쳐다보며 마지못해 한마디 물었다.

"밥은?"

"안 먹어!"

"장터에 다니면서 술만 그렇게 먹지 말고 밥 좀 먹고 다녀, 저렇게 술을 많이 먹고 운전을 하는데 경찰들은 도대체 뭣들 하고 있는 거여 저런 사람 확 안 잡아 가고."

"왜 그러는 거래여?"

"당신이 술을 그렇게 많이 먹고 운전을 하다가 사고라도 나면 어떻게 되는 줄이나 알아? 우리 집 폭삭 망하는 거여, 알기나 해?"

"헤헤헤, 내가 사고로 죽을 까봐 걱정하는 거지?"

"아이고 웃기고 있네여, 당신이 사고가 나서 죽고 사는 건 관계가 없는데 사고 보상을 해 주려면 소 다 팔아서 물어줘야 되니까 그러는 겨, 이 바보 같은 양반아."

"헤헤헤, 내가 죽으면 너도 과부가 되는데 그래도 좋다는 말이여?"

"아이고 내 나이가 지금 5학년 하고도 6반인디, 이 나이에 과부가 된들 세상 미련이 없네유~"

"그라믄, 나 없이도 잘 살 수 있다는 말이여?"

"그래유! 당신 없으면 세상 훨훨 날아다니면서 더 편하게 살 수 있어유."

하면서 둘은 나란히 현관문을 열고 들어갔다.

동진은 현관 앞에서 신발을 벗으려다 운동화 끈이 안 풀리는지 엎드려 운동화 끈을 잡는가 싶더니 앞으로 푹 꼬꾸라진다. 그 모습을 쳐다보던 숙희가 또 한마디 했다.

"얼렐레! 술을 도대체 얼마나 먹었으면 몸도 못 가누냐?"

"헤헤헤! 우리 같이 자자, 응? 이리와!"

하면서 몸도 제대로 못 가누는 동진은 그래도 같이 자자고 숙희를 끌어 않았다.

"아이구, 나 생각은 허지마! 난 더러워서 당신하고 같이 못자. 나 혼자 작은 방에서 잘 거여, 걱정하지 말고 당신이나 자."

그렇게 서로 말다툼을 하고 있는 사이 밖은 점점 어둠속으로 시간은 흘러가고 있었다.

숙희가 다시 밖으로 나가 개 사료를 준 다음 우사를 한번 돌아보고 안으로 들어와 잠자리에 들었다.

다음날 새벽 4시 습관처럼 동진은 자리에서 일어났다.

어제 너무 과음을 한 탓인지 머리가 아프고 목이 탔다. 그는 냉장고 문을 열어 물을 찾아 마시고 밖으로 나와 우사를 한 바퀴 휙 돌아보았다. 아직 날이 밝은 건 아니지만 우사에 켜놓은 외등 때문에 소들을 훤히 볼 수가 있었다.

암소 한 마리는 만삭의 고통을 아직도 참고 있는지 두 눈이 툭 튀어 나왔으며 벌건 두 눈에서는 눈물을 쭉쭉 흘리고 있었다. 그리고 궁둥이 쪽 음부에서는 느릿한 액체가 줄줄 흐르고 있었다.

만삭인 이 암소가 분명히 출산 직전이라는 것을 동진은 직감적으로 알아차렸다. 동진은 잽싸게 가마솥에 물을 붓고 불을 지피고 나서 긴 고무장갑을 두 손에 끼었다. 그런 다음 짚단을 가져다가 바닥에 깔아놓고 따뜻해진 물을 양동이로 퍼서 들고 왔다.

양동이를 바닥에 내려놓고 암소를 쳐다봤을 때 암소는 이미 양수가 터져 쏟아지면서 송아지 머리가 눈 부위까지 밖으로 나와 있었다. 엄마소는 한 번씩 있는 대로 힘을 불끈 줄때마다 송아지 목이 쑥쑥 나오고 있었다.

그러자 그때까지 죽은 듯이 두 눈을 감고 있던 송아지가 목을 힘차게 들어 올렸다. 그러더니 조금 지나니까 "푸~우" 하며 첫 숨을 내 쉬었다.

동진의 마음은 급해졌다. 지금 빨리 송아지를 꺼내주지 않으면 송아지가 다 나오기도 전에 죽을 수 있기 때문이다. 송아

지의 코와 눈에는 양수가 묻어 허옇고 느릿한 액체로 범벅이
되어 있었다.

다행히 어미 소는 힘을 계속 주고 있었고 송아지의 몸뚱이
는 쑥쑥 잘 빠져나오고 있었다. 그럴수록 동진은 더욱 정성을
다해 출산을 돕고 있었다. 동진은 미끈거리는 송아지의 목을
잡고 마지막 안간힘을 쓰고 있었다.

동진은 장화위에 묻은 액체를 툭툭 털어 내면서 송아지를
받아 힘겹게 바닥에 내려놓으면서 양동이의 따뜻한 물로 송아
지의 얼굴을 깨끗이 씻어 주고 있었다. 엄마소도 연신 송아지
의 몸을 핥아주고 있었다.

시간이 얼마나 지났을까 아침 햇살이 눈부시게 비쳐지고 있
는데 이제 막 태어난 송아지는 몇 번의 실패를 넘어 간신히 일
어서고 있었다.

일어서는가 싶더니 신기하게도 바로 엄마의 사타구니를 파
고들어 젖을 찾았다. 그러자 엄마소는 누가 가르쳐 주지도 않
았는데 가랑이를 벌리고 송아지가 편하게 젖을 먹을 수 있도
록 자세를 잡아주고 있었다.

송아지는 젖을 물고 힘껏 빨더니 빨리 안 나온다는 듯 머리
로 힘차게 엄마의 젖무덤을 치받고 다시 빨고 또 치받으며 열
심히 젖을 먹고 있었다.

동진은 그 모습을 물끄러미 쳐다보고 있다가 그러는 모습이

참 신기하다는 듯 중얼 거렸다.

"세상에 갓 태어난 새끼가 누가 가르쳐 주지도 않았는데 어떻게 자기 엄마인 줄 알고 저렇게 젖을 찾아 먹을까?"

동진은 장갑을 벗고 양동이에 남아있는 물을 마당 한 쪽에 획 뿌리며 한 손을 코에 갖다 대더니 "횡~"하고 코를 풀었다.

코를 푼 두 손가락을 바지에 쓰윽 문질러 닦으면서 현관이 있는 쪽을 힐끔 한번 쳐다보았다.

"아니 아직도 안 일어났나! 이눔의 여편네가."

혼자서 중얼거리며 소 사료를 주려고 창고로 가고 있었다.

그동안 일꾼에게만 모든 일을 맡겨 놓았기에 사료가 얼마나 남았는지 모르고 있던 동진은 사료 통을 들여다보다가 깜짝 놀랐다.

"아니 사료 통에 사료가 이렇게 떨어졌는데도 이 여편네는 뭘 하고 아직도 안 일어난다냐?"
하면서 그는 황급히 창고에서 나오며 현관문을 향해 벼락같은 고함을 질렀다.

"야! 이 씹할 놈의……"

욕을 하다 말고 그는 현관문 쪽으로 달리듯 다가갔다.

한편 숙희는 남편에게 매번 지독한 욕을 들어 먹은 것이 분해서 밤새도록 잠을 못 이루다가 새벽녘이 되어서야 잠깐 잠이 들었는데 그만 늦잠을 자고 말았다.

잠결에 들려오는 동진의 욕하는 소리에 벌떡 일어나서 황급히 시계를 쳐다본 숙희는 무슨 큰일이라도 난 것처럼 자리에서 벌떡 일어나 현관문을 열고 신발도 제대로 신지 못하고 질질 끌면서 밖으로 나가는 모습이 영락없는 시골 아낙이었다.

"아니 아침부터 저 인간이 또 욕을 하네."

중얼거리며 창고 쪽으로 가서 사료 통을 들여다보니 사료 통이 거의 바닥이 나 있었다.

그는 다시 현관문을 열고 들어가 전화 수화기를 집어 들었다.

"여보세요? 아니 어제 시킨 사료가 아직도 도착하지 않으면 우리는 어쩌란 말이오, 내가 늦어도 오늘 아침 일찍 도착시켜 달라고 했잖아요, 지금 우리 사장님이 생난리가 났어요. 여보세요, 뭐라구요? 출발한지 오래 됐다구요? 오메 그럼 도착할 시간이 다 됐것네요. 야! 잘 알았시유, 야! 야! 감사해유, 안녕히 계시유, 뚝~"

숙희는 수화기를 내려놓고 밖으로 나가 산모퉁이를 자세히 내려다보고 있었다. 때마침 산모퉁이를 돌아 올라오고 있는 사료차를 발견하고는 "휴~" 하고 안도의 숨을 내쉬었다.

사료가 빨리 도착하지 않으면 남편의 어떤 잔소리가 또 자기를 욕하고 괴롭힐 것이 뻔했기 때문이었다.

드디어 사료차가 창고 앞에 도착하였고 운전수가 차에서 내렸다.

"저기요 많이 바쁘시겠지만 저희 집은 무슨 일이 있어도 바로바로 좀 갖다 넣어 주세요, 사장님 성질 잘 아시죠?"

"네! 그렇게 하겠습니다. 사모님도 사료가 딱 떨어지면 전화하지 말고 하루 전에 시켜주세요. 혹시 무슨 일이 생겨 바로 못 올 수도 있잖아요."

라고 하면서 동진이 있는 쪽을 바라보며 손을 들어 인사를 했다.

동진은 트랙터를 운전해서 우사를 치우고 있기 때문에 말을 해도 들리지 않기 때문에 손 인사를 하는 것이었다.

동진은 운전수의 인사를 씨~익 한 번의 웃음으로 답해주고는 하던 일을 계속 하고 있었다. 숙희는 사료를 리어카에 받아 한 칸, 두 칸, 세 칸을 부지런히 주고는 바로 안으로 들어가서 아침준비를 했다.

소를 기르면서 도축을 하여 육 고기 판매까지 직접 하다 보니 집 안과 밖에는 대형 냉장고가 3개씩이나 있고 그 냉장고 안에는 소고기와 사골 뼈가 항상 가득 들어 있었다. 그래서 숙희는 항상 소뼈를 가마솥에 가득 넣어 끓여 놓고 그때그때마다 조금씩 끓여먹고 있었다.

그렇게 하다 보니 갑자기 집에 귀한 손님이 찾아와도 으레 곰국을 데워주고 소고기를 잘라 불고기를 해서 대접하면 그만이었다.

그 맛이 좋기로 소문이 자자하니 손님이 하나씩 둘씩 늘어 이제는 고기를 사러 오는 손님이 매우 많아졌으며 함평이나 나산에서 한우고기 식당을 하는 사장님들이 자기 식당에 고기 좀 대 달라고 하여 소고기를 넣어 주는 식당만도 대여섯 군데 가 넘었다.

아침을 먹고 나면 동진은 차로 고기를 배달해 줘야 하며 숙희는 집으로 찾아오는 손님들에게 고기를 팔기에 바빴다. 또 고기가 떨어지면 함평에 있는 도축장(○○식품)에 소를 갖다 넣어 주고 도축이 끝나면 찾아와 냉장고에 넣어 줘야 했다.

그래서 지금은 큰 저장 냉장고를 설치해 놓고 미리미리 고기를 충분히 비축해 놓고 파는 데도 손님이 언제 얼마가 몰려올지 몰라 항상 다음에 도축할 소를 정해 놓고 있었다.

그리고 정읍에 있는 산외마을 같은 곳에서는 한우 암소는 가격이 안 맞아 팔지 못하고 수소를 주로 팔고 있는데 수소도 거세를 한 소와 거세를 하지 않은 소의 값이 달랐다. 돼지도 마찬가지지만 거세를 하지 않은 돼지는 약간의 누린내가 나기 때문에 고기를 잘 아는 사람이라면 금방 맛을 보고 알아버린다.

수소는 1년이 채 되기 전에 거세를 하는 건데 소의 힘이 엄청 세다보니 일반인들은 감히 거세를 하지 못하고 전문적으로 거세를 하는 사람만이 가능했다. 그렇기 때문에 소를 소량으로 키우는 사람들은 거세를 하지 않고 키우게 되며 동진네같이 소를 대량으로 키우는 우사에서는 거세를 하여 키우게 되었다.

그리고 송아지가 맨 처음 태어나면 축협에서 소의 귀에다가 고유번호를 달아주는데 그 고유번호에는 그 소가 어디에서 누가 언제부터 키웠으며, 무슨 사료를 먹고 자랐는지 그 소의 모든 것을 기록으로 남기게 되어 있다. 그러니까 쉽게 말해서 소의 주민등록증이라고 보면 된다.

그렇게 절차를 받아 등록을 하고 키우는 소만이 한우로 인정을 받지 등록이 안 된 소는 아무리 한국에서 나서 한국에서 키웠다 해도 한우로 인정을 못 받는다. 그래서 동진 농장에서는 수소를 키워도 성장하는 즉시 시장에 내다 팔아 버리고 암소만 잡아서 파니 손님들이 몰려와서 고기를 먹어봐도 부드럽고 연하고 고소한 맛이 난다는 것이었다. 또한 소가 나이를 너무 많이 먹거나 새끼를 여러 번 낳은 소는 고기가 질기다.

동진이가 그렇게 소를 잡아서 고정으로 대주는 식당은 자연히 손님들이 많아져 인기를 끌게 되고 그렇게 한 번 거래를 했던 가게는 다른 데로 거래처를 바꾸지 못했다.

이때 전화벨이 요란하게 울렸다.

"여보세유!"

"아! 동진 농장이지요?"

"네! 그런데요."

"여기 광주에 있는 무궁화 인력 관리소인데요."

"광주요?"

"네 광주입니다. 사람을 구하신다고 했지요?"

"네! 그런디유, 우리 농장에서 일할 일꾼을 구하고 있는
디유."

"예! 그래서 전화 드렸습니다."

"몇 살이나 먹었는디유?"

"빨리 내려 보낼 테니 만나서 직접 물어보세요."

"그래유, 빨리 보내 보세유."

숙희는 전화를 끊었다. 옆에서 그 모습을 지켜보고 있던 동
진이 물었다.

"소개소에서 사람 구했다냐?"

"야!"

"어디 소개소야?"

"광주에 있는 아까 무슨 소개소라드라, 음~ 음~"

"몇 살이나 먹었데?"

"일단 보낸다고 만나보라는디유."

"지금 보낸디야?"

"야!"

"그럼 있다가 만나보면 알 것이고, 일단 우리는 밥이나 빨리 먹자."

그렇게 점심을 먹고 난 동진은 소를 한번 휙 둘러보다가 소 몇 마리가 콧물을 흘리는 것을 발견하고 소의 상태를 유심히 살펴보다가 얼굴을 찡그렸다.

"아니 이놈의 소들이 구제역이 오는 건 아닐 테고 웬 콧물을 질질 흘린디야, 그래도 혹시 모르니까 주사를 놔 줘야지."

동진은 혼자서 중얼거리며 창고로 가서 약 상자를 열었다.

약 상자에서 약과 주사기를 꺼내 든 동진은 약병을 흔들며 주사 놓을 준비를 하고 있는데 택시 한 대가 산모퉁이를 돌아오더니 농장 앞에 멈춰 섰다.

택시에서 내린 사람은 아주 젊고 건장한 사람이었다.

"안녕하십니까? 장철호라 합니다."

그러자 동진도 주사기를 옆에 놓으면서 장철호라는 사람을 위 아래로 내려다보며 인사를 받았다.

"어서오세유, 나! 주인 되는 사람입니다."

첫눈에 봐도 장철호는 훤칠한 키에 미남형의 남자였다. 그 옆에 서 있던 숙희는 철호를 빤히 쳐다보면서 인사를 하긴 했지만 우사의 청소나 할 사람 같지 않아서 걱정이 되는지 별로 반갑게 맞아주지 않았다.

"얼랄라! 저런 사람이 어떻게 일을 하겠다고 이 촌 구석까지

찾아 들어온디야!'

라며 중얼거리는 숙희를 보며 장철호는 반갑게 고개를 숙이며 인사를 했다.

"안녕하세요, 사모님! 잘 부탁드립니다, 하 하 하!'

"저~ 소개소에서 전화 받으셨지요?'

"야! 받았시유."

장철호는 인사가 끝나자 주위를 한 바퀴 쓱~ 돌아보고는 하는 말이,

"농장이 상당히 큽니다."

라고 했다.

"글쎄유, 작지 않은 농장인디 젊은 사람이 일을 할 수 있으려나 모르겠어유."

골짜기 안에 둥그렇게 자리 잡고 있는 평수만 해도 약 3,000여 평은 족히 되는 상당히 큰 농장이었다.

주위에는 농장 이외에 다른 민가는 하나도 없었으며 가장 가까운 집이 산 아래 한 2km 정도 떨어져 있었다.

"걱정하지 마십시오, 우사 일을 많이 해 봤기 때문에 잘 할 수 있습니다."

"저, 시방 나이가 몇이나 됐남요?

"금년에 서른일곱 됐습니다."

동진은 어딘가 말끝이 좀 이상하다는 생각이 들어 물었다.

"고향은 어디랑가요?"

"네, 저는 강원도 삼척입니다."

"그럼 부모님들은 모두 삼척에 계신가?"

"아닙니다. 부모님들은 저 어렸을 적에 다 돌아가시고 누님이 한 분 살고 계십니다."

"점심시간은 지났는데 점심은 어쨌는가?"

"네! 광주에서 먹고 출발했습니다."

"급료는 얼마인지 알고 왔는가?"

"네, 숙식 제공해 주고 월 120만원으로 압니다."

"그래! 처음에는 그렇게 정하고, 일하는 거 봐서 다시 조정하자구, 알것는가?"

"네! 그렇게 하시죠."

숙희는 고개를 갸우뚱거리며 현관문을 열고 안으로 들어갔다.

천 사 의 눈 물

03

사랑의 샘물

03

"여보! 나와서 이사람 방 안내해 주고 작업복도 한 벌 내줘~"

동진의 소리에 화들짝 놀란 토끼같이 숙희가 자리에서 벌떡 일어나 밖으로 나왔다. 그는 안채에서 조금 떨어져 있는 컨테이너 숙소에 철호를 안내해 줬다. 그리고 숙소 안 바닥에 깔려 있는 이불과 베개를 말아서 밖으로 내 던지며,

"이불은 새로 깔아 드릴게요. 저기 걸려 있는 작업복은 엊그저께 새로 빨아 놨으니 입어도 될 건디요."

라고 하자 철호가 어깨에 메고 있던 검은색 가방을 방바닥에 내려놓으며,

"내가 입을 작업복은 가져 왔으니 없어도 됩니다."

라며 가방에 붙어 있는 지퍼를 열었다.

가방 안에서 꺼낸 추리닝은 붉은 색이었다. 철호는 추리닝을 꺼내고 일어서서 허리띠를 잡다가 숙희와 서로 눈이 마주치자 쑥스러운 듯 눈길을 돌리며 약간 더듬는 말로,

"저~ 저기에 걸려 있는 옷은 모두 가지고 가셔도 됩니다."

라고 하자 숙희는,

"그냥 놔뒀다가 갈아입어도 되아요."

하며 얼른 바닥에 말아 놓은 이불을 가지고 나왔다.

숙희가 이불을 안고 나와 세탁기에 넣고 스위치를 올리는 순간 철호는 추리닝을 갈아입고 운동화까지 갖춰 신고 밖으로 나왔다.

동진이 철호에게 물었다.

"자네, 차 운전할 줄 아는가?"

"네 압니다."

"농사일을 언제 해 봤나?"

"어려서부터 안 해 본 것 없이 다 해 봤습니다."

"저그 헛간 벼람빡에 걸려 있는 낫을 가지고 요 위에 밭둑 있지 않는가 잉, 풀을 몽땅 베서 널어 놔, 잘 마르면 그것이 소 밥이랑께, 알것제이."

"네~"

철호는 동진이 시키는 대로 낫을 들고 둑 위로 올라가 주~욱 한번 살펴보았다. 둑 위에는 풀이 무릎까지 자라 있었으며 밭둑 길이가 100m는 족히 되는 길이었다.

철호는 자리에 앉으면서 낫자루에 침을 한번 "퉤~" 하고 뱉어 낫자루를 돌려 잡고 풀을 베 나가기 시작하였다.

철호의 손놀림은 빨랐다. 금방 10m 또 20m 베어 나가는 걸

본 동진은 놀랐지만 겉으로 표현은 하지 않았다. 철호의 이마에는 어느 새 땀방울이 송골송골 맺히기 시작하였지만 조금도 힘든 기색 없이 콧노래까지 흥얼거리면서 풀을 베고 있었다.

빨래를 널기 위해 밖으로 나오던 숙희도 그 모습을 보며 깜짝 놀랐다. 지금까지 한 4년간 일꾼이 수십 명 바뀌어 왔는데 낫질을 이렇게 잘 하는 사람은 없었다.

철호가 잘 하는 것은 낫질뿐만이 아니었다. 그는 부지런하고 운전도 잘 했으며 어쩌다 고기 납품을 보내면 번개같이 다녀왔다.

또 트랙터도 잘 몰아 그 넓은 우사 청소를 하는데도 기가 막히게 잘 했으며 어쩌다 동진이가 숙희와 말다툼을 할 일이 있어도 미리미리 잘 처리를 해줘서 별로 다툴 일이 없었다.

동진에게 욕을 먹고 숙희가 속이 상해 있으면 설거지까지 해주며 위로를 해주기도 했다.

또 한편으로는 동진을 따라 우시장에 가면 맘에 든 소를 골라놓고 이 소를 사 달라고 조르기도 했다.

동진은 우시장에 나가면 소를 한두 마리만 사올 때도 있지만 대부분 소를 여섯 마리씩 사올 때가 많았다.

기르는 소 약 200여 마리 중 암소가 대부분을 차지하고 있는데 이 암소들이 발정을 하면 수의사를 불러 수태를 시키고 수태를 시킨 지 약 10개월이 지나면 송아지를 낳는다. 그런데 소가 많다 보니까 한꺼번에 여러 마리가 발정을 할 때도 있어 낳는 것도 거의 같은 시기에 7~8마리 낳을 때도 있었다.

소 값 파동이 나서 큰 소 한 마리에 250만 원까지 떨어질 때도 있지만 아주 심하면 160만 원 이하로 떨어질 때도 있었다.

그래서 소 값이 160만 원 이하로 내려가게 되면 축협에서 모자라는 금액을 보존해 주는 제도가 있어 소를 키우는 사람들의 손해를 다소나마 줄일 수 있었다.

동진은 적어도 이틀에 한 번씩은 소 두 마리씩 도축장에 끌고 가서 도축을 해 온다. 고정으로 고기를 대주는 식당과 집으로 직접 고기를 사려고 오는 손님들을 위해서이다.

무슨 명절이 돌아오면 고기가 많이 팔려 하루에 두 마리를 도축해오기도 하며 하루에 두 마리의 소고기를 팔 때에는 동진과 숙희는 눈 코 뜰 사이 없이 바빴다.

그런데 어느 날부터 철호와 숙희의 행동이 좀 이상하다고 느꼈다. 그래서 동진은 집에 들어오면 일꾼과 숙희의 동태를 유심히 살피며 남몰래 고민을 하고 있었다.

일꾼이 동진의 눈치만 봐도 이상한 생각이 들고 숙희가 깔깔대며 웃기만 해도 동진은 불안했다. 그래서 요즈음 그가 더 거칠고 포악해진 이유가 남몰래 쌓이는 스트레스가 그를 그렇게 만드는지도 몰랐다.

물론 일꾼들도 동진에게 심한 욕을 한번 먹고 나면 바로 짐을 싸가지고 나가버리는 경우도 많았다. 그렇기 때문에 일꾼들이 한 번 들어와 3개월을 버티는 사람 없이 나갔다 하면 구하고 또 나가는 반복적 행위가 계속 되는 것이었다.

그러나 동진의 입장에서 생각해 보면 깊은 산속에 마누라와 일꾼 단 둘이만 남겨 놓고 외출을 하여야 했고, 또 술을 너무 좋아하기 때문에 아침에 나갔다 하면 밤중에 들어오는 날이 많아 마음이 항상 불안한 것도 사실이었다. 만약 마누라하고 일꾼이 서로 마음만 먹으면 집안 살림을 다 들고 이사를 간다 해도 동진은 모를 일이었다.

그런데 이놈의 소 키우는 일이라는 것이 해도 해도 끝이 없어서 아침 5시 반이나 6시에 일어나 일하기 시작해서 밤 12시나 1시까지 하다가 자리에 눕는다. 그렇게 일이 힘들다 보니 술을 먹고 술 힘으로 버텨내야 하는 일상이었다. 그래서 동진은 술이라도 먹지 않으면 도저히 그 많은 일들을 해 나갈 수가 없는 형편이었다.

그런데 숙희는 동진보다도 배가 되는 일을 매일 매일 하고서도 꿋꿋이 버티고 있었다.

우선 동진의 밥, 일꾼의 밥을 챙기고 시시각각 찾아오는 사람들에게 고기도 팔아야 하고 손님 중에는 식구들을 다 데리고 올라와서는 고기를 직접 구워 먹고 가겠다는 사람에게는 숯불을 피워 고기도 구워 줘야 했다.

일은 그것뿐이 아니었다. 전화로 주문 들어오는 고기의 양도 적은 양은 아니었다. 전화 주문을 받으면 우선 고기 양을 저울로 달아서 진공포장을 한 다음에 박스포장을 하여 택배로 부쳐 줘야 하는데 고기는 시간을 다투는 일이라 택배를 기다릴 시간이 없고 바로 함평읍내까지 나가서 보내줘야 했다.

그렇게 힘들게 열심히 일하고 나서 남편인 동진에게 욕을 먹을 때는 모든 것을 다 때려치우고 어디 조용한 곳에 가서 한 일주일만 푹 쉬었다 오면 소원이 없을 것 같았다.

그런 형편인데도 동진은 그런 숙희의 속마음을 아는 건지 모르는 건지 통장에 돈이 조금만 모이면 소를 무조건 사다 놓든지 아니면 아무 소용 가치가 없는 땅을 몽땅 사버리기도 했다.

지난달에도 농장 건너에 밭이 1,000평 나왔는데 값이 싸다고 무조건 그것을 사버려 숙희는 속이 상했다.

"아니 부부라면 같이 상의해서 뭔 일을 해야 되는 것 아니에요?"

"야! 이 병신아! 니가 뭘 안다고 지랄이냐, 남편이 하면 하는 대로 따라올 것이지."

라고 하며 사람을 무시하는 소리를 해 둘이 한바탕 다툰 일도 있었다.

아무튼 동진은 통장에 돈이 조금 모여 있는 걸 못 보는 성격이었다. 그리고 숙희가 말대꾸만 해도 욕을 해대든지 손찌검을 해 숙희는 확 죽어버리고 싶을 때가 한두 번이 아니었다.

그런 좌절감에 울고 있으면 철호가 동진의 눈을 피해 살며시 들어와서 숙희의 등을 어루만져주며 달래주었다.

"사장님이 말은 그렇게 해도 속으로는 사모님을 무척 사랑하십니다. 그러니 너무 속상해 하지 말고 속을 가라앉히세요."
라고 달래면 숙희는 더욱 설음에 복 받쳐 철호의 팔을 붙잡고 엉엉 울기도 했다.

그래도 그런 철호가 옆에 있어 위안을 받는 것이 싫지는 않았다. 어쩔 때는 그렇게 달래주던 철호의 팔에 기대고도 싶었다.

만날 술이나 먹고 마누라에게는 조금도 배려를 안 해주는 남편 보다는 언제나 곁에서 힘든 일 거들어주고 외로운 맘 달래주는 철호가 더 믿음직스럽고 좋았다. 그래서 언제부터인가 숙희도 철호에게 관심을 갖고 신경을 써 주었으며 빨래도 해주고 먹을 것도 신경을 써서 해 주었으며 잠자리까지 세세하게 신경을 써주는 사모님이 되었다.

숙희가 철호에게 신경을 써 주는 건 그것뿐이 아니었다. 주위에서 누가 봐도 좀 지나치다 할 정도로 시장에 나가 양말과 운동화까지 사다 주었다.

그런 숙희의 마음을 철호라고 모를 리가 없었다. 그래서 하루는 철호가 숙희에게 이렇게 물었다.

"사모님! 저에게 이렇게까지 잘 해주시는 이유가 뭡니까?"

"호호호! 아니 이유가 뭐가 있겠어, 철호 씨가 나를 위해 헌신적으로 일을 해주니께, 나도 그 보답으로다가 쪼께 신경을 쓰고 있는 것 아니예유, 호호호!"
하면서 웃어넘긴다.

"사모님, 정말 고맙습니다."
라며 철호가 인사를 하자 숙희는 정색을 하며,

"아따 고맙기는 뭐가 고맙다는 거유, 저기 내가 앞으로도 힘이 되는 데까지 신경을 쓸 참인 게 철호 씨도 지금만 같이 나를 도와주면서 우리 오래도록 여기서 같이 삽시다."
라며 철호의 손을 꼭 잡는다.

"그야 여부가 있겠습니까, 저도 이 세상 어디를 가도 홀몸이라서 어느 누구하나 저에게 신경 써 주는 사람이 없는데 이제 앞으로는 친 누님같이 모실 테니까 누님께서도 친 동생같이 생각해 주세요."

"그래, 그랴! 그것 참 좋네. 나도 형제들 중에 막내로 살아서 동생이 없는데 그럼 우리 누님 동생으로 살아여."
하며 흔쾌히 대답을 했다.

"아이고 참! 동상도 우리 아저씨 성질 잘 알잖여, 우리 아저씨가 누님 동생하면 난리가 나, 그라니께 우리 아저씨 있는 데서는 누님이라고 하지 말고 쪼께 조심 하드라고 이."
하면서 숙희는 입단속까지 시켰다.

"하하하! 그런데 누님 요즘이 무슨 조선시대도 아니고 그렇게 갖은 구박을 다 받고 누님은 어떻게 살아요?"

"내가 요새 며칠 지켜보니까 술을 안 드셨을 때도 그렇게 화를 내든데, 그 욕하는 수준이 완전히 양아치 수준이여요."

"아녀 처음에는 나도 개지랄을 했지. 아, 그런디 그러면 그럴수록 사람을 잡아먹을려고 지랄을 혀. 그래서 시방은 애라 너 해라 나는 강 건너 개가 짖느냐 해. 그러면 지풀에 지가 떨어지드구만, 그러면 지 혼자 실컷 떠들다가 그만 두더구만."
하며 지금도 그 생각이 나는지 갖은 인상을 다 찌푸렸다.

숙희는 지그시 철호의 얼굴을 쳐다봤다. 철호도 그 눈길을 느끼는지 볼이 빨갛게 달아오르고 있었다. 순간 숙희는 가슴이 두근거리고 얼굴에 열이 나는 걸 느꼈다.

"오매오매 내 정신 좀 봐라, 가스 불에 물 올려놓고는 깜빡했네."
하면서 얼른 일어나 안으로 들어가 버렸다.

철호도 빨개진 얼굴을 감추려는 듯 얼른 삽을 들고 우사로 가서 소똥을 치우기 시작하였다.

숙희는 그 일이 있고 난 뒤부터는 동진이가 지랄을 해도 즐거웠고, 욕을 막 해대도 개의치 않았다. 숙희가 그렇게 변한 모습을 보며 동진은 더욱 열이 올라 죽어 버리겠다고 두 주먹을 불끈 쥐고 달려들면 철호가 달려들어 온 몸으로 막아 주었다.

그럴 때마다 숙희는 철호가 믿음직스러웠고 철호만이 자기를 지켜줄 거라는 믿음에 신이 나고 좋았다. 아니 철호가 곁에 있어 행복했다.

천사의 눈물

04

위험한 정사

숙희는 매일매일 일이 바쁘다보니 끼니때마다 찌개를 끓이는 것이 귀찮아서 가마솥에다 소 잡뼈를 잔뜩 넣고 고아서 냉장고에 넣어 놓고 밥 때마다 조금씩 데워 곰국으로 먹었다.

동진이가 소를 사기 위해 우시장에 나가거나 소를 가지고 도축장에 나갈 때면 숙희와 철호 단 둘이서 점심을 먹을 때가 많았다.

동진은 일주일에 두 번 함평 장날이나 나주 장으로 소를 사러 나가고 없을 때가 많은데 거의 우시장에 나가면 술을 많이 먹고 들어온다. 그래서 숙희는 둘이 밥을 먹을 때는 곰국에 소 양지머리를 많이 넣어 끓인 다음 철호 먹으라고 국그릇에 고기를 잔뜩 넣어주기도 했다.

"아니 누님은 왜 고기를 안 드시고 저만 이렇게 잔뜩 주시는 거예요?"

하고 물으면

"걱정하지 말고 어여 먹어, 나는 고기를 하도 많이 먹어서 이제는 질려서 먹고 싶지가 않아."

하며 철호에게 내밀었다.

　동진이 들어오면서 그렇게 둘이 다정하게 얘기를 하고 있는 모습을 보면 뭐라고 표현은 못 하지만 속에서는 불이 났다.

　그럴 때마다 동진은 아무 일도 아닌 걸 가지고 숙희에게 화를 내고 욕도 사정없이 해대었다. 그러나 그의 속사정을 모르는 숙희는 동진의 행동이 야속하고 더 미워졌다.

　동진이 숙희에게 욕을 하고 화를 낼 때 철호가 옆에서 나서기라도 하면 동진은 마치 미친 사람같이 욕설과 함께 손에 잡히는 대로 물건을 부수고 던지고 하기 일쑤여서 그의 이런 모습을 목격한 친한 친구마저도 동진을 나무라며 편을 들어주지 않았다.

　화가 안 풀린 동진은 소주를 병째 나팔을 불 듯 들어 마시고는,

　"야! 이 씹할 년아! 나 없을 땐 뭣들 하고 자빠져 있다가 내가 들어오니까 이제 바쁜 척 해, 이 씹할 년아."

하며 마치 미친놈처럼 길길이 날뛰다가 제풀에 꺾여 잠이 들었다. 그러나 그는 아무리 술을 많이 마시고 잠이 들어도 새벽 5시면 자리에서 벌떡 일어나 우사를 한 바퀴 돌아보고 일을 시작했다.

　그는 일을 하면서 어젯밤 일들을 아련히 기억하면 속으로 후회가 되면서도 다음날 똑같은 행동을 했다.

"내가 괜한 트집을 잡아 마누라에게 너무 심한 욕을 했나?" 라고 후회도 해 보지만 그 마음은 그때뿐이고 돌아서면 같은 행동을 반복해서 하는 것이었다.

그러나 그런 일을 직접 당하는 당사자는 물론이고 그러한 그의 모습을 목격하는 주위의 사람들은 큰 충격으로 다가왔다.

그래서 이제는 주위의 사람들이

"아휴! 정 사장이 돈이 많아 잘 먹고 잘 사는 줄로만 알았더니 마누라에게 하는 행동을 보면 마치 미친개를 보는 것 같아." 라며 흉을 보면 또 옆에 서 있던 사람은,

"아 일꾼에게 하는 행동을 봐, 요즈음 세상에 일꾼에게 그 많은 욕을 해 대면 어느 미친놈이 붙어 있겠어, 나 같아도 몇 천금을 준다 해도 팽개치고 도망을 가겠구먼." 하고 맞장구를 치며 흉을 보았다.

동진과 가장 친한 친구 서상용이라는 친구는 바로 옆 동네에서 한우 농가를 하며 거의 매 장마다 같이 다니는 단짝 친구이며 한우 농사를 동진보다 먼저 시작하였다. 그래서 두 집은 정말 친하게 지내며 무슨 일이 있어도 서로 의논하며 사는데, 동진이 아내에게 "씹할 년, 좆 빨 년."하며 욕을 하면 동진을 호되게 나무라며 숙희를 감싸주는 항상 온화하고 차분한 사람이었다.

그래서 숙희는 무슨 급한 일만 생기면 그에게 도움을 청하

며 둘이 싸워서 감당이 안 될 때는 그에게 구원 요청도 하는 사이였다. 그때마다 상용 씨는 여하한 일도 제쳐놓고 바로 달려와 중간 역할을 잘해 문제를 해결해 주는 말하자면 해결사이기도 했다.

그러나 동진도 처음부터 난폭한 사람은 아니었다. 그는 일찍부터 건축업에 뛰어들어 남보다 특별한 사업수완을 발휘하여 성공을 하였으며 그로 인해 재산도 상당히 모았다. 그가 지금 하고 있는 우사도 원래의 사업자가 도산을 해 경매로 싸게 나온 것을 받아 운영하고 있는 것이었다.

실지로 2007~2008년은 미국 수입 소고기 때문에 소를 기르면 모두 망한다고 소를 내다 팔 때 동진은 싼 가격에 좋은 소를 많이 사들였다. 그래서 주위 사람들은 동진을 보며 '정신병자'라고까지 이야기하는 사람이 있었지만 결국 그는 그 소들로 성공을 했고 큰 수익을 내었다.

그는 항상 모든 일을 긍정적으로 보는 성격의 소유자다. 그러면서 자기의 고집을 잘 꺾지 않는 옹고집의 소유자이기도 했다.

소를 살 때도 최고의 소를 골라 가격을 다 쳐주고 사지만 소를 팔 때도 최고의 가격을 원했다. 혹여 누가 가격을 조금이라도 낮게 흥정을 하면 가차 없이 흥정을 취소해 버리는 성격이었다.

고기를 식당에 납품할 때도 마찬가지였다. 하루는 숙희와 같이 함평의 한 식당으로 고기를 납품하러 갔는데 식당 주방 장이 고기의 질이 좋으니, 나쁘니 트집을 잡았다. 그것은 어느 식당이나 마찬가지겠지만 그 식당에 고기를 납품하려면 주인 몰래 담뱃값이라도 주는 것이 하나의 관례였다.

동진도 그런 것을 잘 알고 있었지만 구지 그렇게까지 해가 며 고기를 납품하고 싶지가 않았다. 그러는 반면에 고기 하나 만큼은 최고의 품질로 승부를 하고 싶었던 것이다. 그래서 어떤 경우라도 고기를 가지고 트집을 잡으면 다시 가지고 나가 버렸다.

"정 사장! 그렇다고 고기를 다시 가지고 나가면 어떻게 해."
하며 주방장이 다급한 목소리를 질렀다.

"야! 이 니미 씨벌, 너희에게는 고기 납품 못하니께 다른데 가서 알아봐!"

"뭐! 고기를 안 팔겠다고 세상에 그런 법이 어디에 있어."

"야 이 씹헐 놈아! 내고기 내가 안 팔겠다는데 누가 지랄이 야 지랄이."

"아무리 당신 고기지만 이렇게 고기를 가져가면 식당을 어 떻게 하란 말이야."
하며 주방장이 대들었다.

"야, 내가 네 사장한테 전화할 테니께 그런 줄 알어."

라고 하며 동진은 고기를 들고 나오려고 했다.

"그래도 그렇지, 오늘 장사할 고기는 놓고 가야지."

하며 앞을 가로 막았다.

"나는 당신 같은 사람에게 고기를 못 판다니까."

하며 앞을 가로 막는 주방장과 시비가 붙었다.

"뭐! 이런 사람이 있어."

하며 주방장이 동진의 멱살을 잡고 늘어지는 순간 동진이 바로 업어치기로 주방장을 매다 꽂았다.

"어이쿠! 허리야!"

주방장이 나가 떨어져서 그 자리에서 일어나지 못했다.

지금까지 그 광경을 구경만 하고 있던 식당 종업원들이 우르르 몰려 나와 주방장을 부축했지만 주방장은 허리를 붙잡고 누워버렸다.

결국은 119를 불러 병원으로 실려 간 주방장은 갈비뼈 2개가 금이 가는 중경상을 입었다. 그 일로 동진은 병원비와 치료비 300만원을 물어주고서야 합의를 하여 마무리를 할 수 있었다.

그로부터 한 달 후 그 식당은 손님들이 확 줄어 굉장히 어려움을 겪고 있다고 말했다. 그래서 그 식당 주인이 동진을 찾아와 돈을 달라는 대로 다 줄 테니 제발 고기를 다시 대 달라고 사정을 하였으나 동진은 끝까지 그 식당에 고기를 대 주지 않았다.

9월 중순 무더운 여름날이었다.

폭염에 200마리가 넘는 소들이 내 뿜는 체열은 정말 장난이 아니었다. 그날이 함평 장날이라 동진은 함평 장으로 소를 사기 위해 새벽같이 나갔고, 숙희는 얇은 T샤스에 얇은 주름치마만 걸치고 냉장고의 고기를 정리하고 있었다.

그날도 철호는 트랙터를 몰고 축사의 소똥을 치우느라 바쁘게 움직이고 있었다. 숙희가 무심코 고개를 돌려 철호가 일하고 있는 모습을 보고서 냉장고의 시원한 오렌지 주스 한 잔을 따라서 철호에게 다가갔다.

"무척 덥지? 좀 쉬었다가 해."

하며 주스 잔을 내밀었다.

젊기도 했지만 바짝 마른 체구의 철호는 온 몸이 땀으로 범벅이 되어 반팔의 와이셔츠가 흥건히 젖어 있었다.

"안 그래도 목이 타는데 누님이 어떻게 알고 시원한 주스를 갖다 주는 거요, 하 하 하!"

"달리 누님이겠어, 동상의 맴을 잘 알고 챙겨 주니께 누님이지, 하 하 하."

라며 숙희도 맞장구를 쳤다.

철호는 주스를 받아 한 입에 "쭈~욱" 들이켰다.

"와! 시원하다 누님!"

"어이구 저 가슴에 땀 좀 봐, 빨리 일 끝내고 시원하게 찬 물로 샤워 해, 내가 오늘 점심은 시원한 동치미 국수를 해 줄게."라고 하자 철호는 신이 나는 듯 "네~!" 하고 대답을 하며 벗었던 장갑을 다시 끼고 트랙터 운전대를 힘차게 잡았다.

시간이 얼마나 지났을까, 숙희가 시계를 보니 낮 12시 30분을 넘기고 있었다.

'어머 벌써 시간이 이렇게 지났나.'

하며 숙희는 하던 일을 그만두고 부엌으로 들어가 손을 씻고 가스 불에 물을 올려놓고 선반을 열어 국수를 꺼내 놓았다.

그때 철호도 일을 다 끝내고 작업복을 벗으며 현관문을 열고 들어오고 있었다. 샤워장이 집 안에 있기 때문에 샤워를 하기 위해서였다.

평소에는 동진이가 집에 있기 때문에 밖에 있는 수도를 이용해서 몸을 씻고, 손발을 씻었다. 그러나 오늘은 동진이 집에 없기 때문이기도 하였지만 서로가 그만큼은 충분히 이해를 할 수 있는 사이라고 생각하고 있었으며 예전에도 동진이 집에 없을 때는 가끔씩 집안 샤워장에서 샤워를 하였다.

철호는 화장실에 있는 샤워장에서 수도꼭지를 틀면서 문틈 사이로 거실에 있는 숙희를 한번 슬쩍 쳐다봤다. 숙희는 열심히 국수를 삶고 동치미국물을 퍼서 그릇에 담고 있었다.

철호는 샴푸를 풀어 머리를 감고 온 몸에 비누칠을 하여 타월로 문지르다가 자기의 아랫도리가 빳빳이 서 있는 것을 발견하였다.

아직 젊은 나이이기도 하였지만 요 며칠 여기에 들어와 고기를 잘 먹어 힘이 넘치고 있었다. 그런데다 몇 개월 동안 여자 구경을 못 했지 않은가.

그는 비누 바른 손으로 불끈 서 있는 자기 물건을 잡고 자위행위를 시작했다. 그러다가 하던 행동을 멈추고 문을 살짝 열어 거실 쪽을 한번 내다봤다. 아무것도 모르고 열심히 일을 하고 있는 숙희의 궁둥이가 흔들거리며 아주 요염하게 보였다.

순간 철호는 무슨 생각이 들었는지 문을 살짝 열고 밖으로 나가 발소리를 죽여 사뿐사뿐 숙희가 있는 곳으로 다가가고 있었다.

이때 숙희는 조그만 상 위에 국수를 두 그릇 퍼서 올려놓고 도마 위에 김치를 올려놓고 칼로 썰고 있었다. 그때 말없이 뒤로 다가온 철호가 뒤에서 숙희를 껴안고 두 팔을 잡은 다음 숨을 몰아쉬며 볼에다 키스를 했다.

순간 직감적으로 이상한 느낌을 받은 숙희가 화들짝 놀라며 껴안고 있는 철호를 세차게 뿌리치며 소리를 "꽥~" 질렀다.

"아이 깜짝이야, 뭐하는 거야 시방~"

하며 돌아서려는데 숙희의 손에 칼이 쥐어져 있다는 것을 느낀 철호는 뒤로 한 발짝 물러서면서 칼을 쥐고 있는 손을 더 세차게 움켜쥐었다.

뒤에 차려져 있던 밥상이 철호의 발뒤꿈치에 차이면서 튕겨 넘어져 바닥에 나뒹굴었다. 순간적으로 당황한 철호는 다급한 목소리로 누님을 불렀다.

"누~ 누님! 진정해요, 난 진정으로 누님을 사랑한다니까요." 하며 팔을 비뚤어 칼을 빼앗아 설거지통에 던지고서는 재차 숙희를 끌어안았다.

무심코 돌아서긴 했어도 철호가 완전 나체로 자기 앞에 서 있는 모습을 보는 순간 더 당황한 쪽은 숙희였다.

"얼랄라~! 너 시방 뭣하는 짓거리여, 너 이러다가 사장님 오시면 죽는다." 하며 겁을 줘 봤지만 이미 한번 야수로 돌변한 철호의 귀에 그 말이 들릴 리가 없었다. 아니 철호는 여기서 물러서면 모든 건 다 끝이라고 생각을 하며 더욱 팔에 힘을 주며 숙희를 안고 안방으로 가고 있었다.

숙희도 필사적으로 반항을 하며,

"너! 정말 이러면 소리를 지를 거다." 라고 했지만 집안은 물론 그 산속에는 아무도 없다는 것을 더 잘 알고 있는 철호가 겁을 먹을 리가 없었다.

방으로 끌려 들어간 숙희의 얇은 치마 밑으로 철호의 손이 들어가는가 싶더니 팬티를 잡아 힘껏 당겼다. 순간 팬티가 "찌

지직" 소리를 내며 찢어져 철호의 손에 감겨 나왔다. 숙희는 화들짝 놀라 돌아서며 철호의 가슴 아래 부들부들 떨며 애원하기 시작했다.

"철호 씨 이러면 안돼요, 우리 이러면 다시 못 보는 거여요 응 철호 씨, 제발 그만 해요."

라고 애원하며 떨고 있는 숙희의 모습을 본 철호는 더욱 흥분하기 시작하였다. 철호는 지금 이 순간만큼은 이미 인간이 아닌 물불을 가리지 못하는 포악한 늑대로 변해 있었다. 숙희는 철호의 가슴 밑에서 발버둥 치며 밀고 또 밀어봤지만 억센 철호의 힘을 당해낼 재간이 없었다.

팬티를 벗긴 철호는 숙희의 한쪽 팔을 꺾어 머리위로 올리고 옆으로 비스듬히 누우면서 다른 한쪽 팔을 자기 옆구리 밑에 깔고 누워 숙희의 두 팔을 꼼짝 못하게 하는가 싶더니 한쪽 무릎을 숙희의 두 다리 사이로 집어넣었다. 온몸이 포박 당하다시피 된 숙희는 얼굴이 흑빛이 되어 마지막 발버둥을 쳐봤지만 힘으로는 도저히 어쩔 수 없다고 느낀 숙희는 악을 썼다.

하반신이 거의 나체가 되어 있는 숙희의 속살이 눈이 부실 정도로 희고 보드라웠다.

"안 돼~ 니가 정말 이러면 안 돼~!"

하며 울부짖었고 악을 썼으며, 배를 오므리며 철호를 밀어내고 있었다. 그러나 그 몸부림은 철호를 더욱 자극시킬 뿐 조금도 더 물러서지 않고 숙희의 배위로 힘차게 올라갔다.

숙희의 몸부림위에 철호의 손이 아래로 움직이는가 싶더니 숙희의 깊은 곳을 손가락으로 점령하고 철호가 있는 힘을 다해 궁둥이를 밀어 올렸다.

"지지직!" 그때까지 굳게 닫혀 있던 숙희의 옥문이 철호의 거센 힘에 밀려 열리는 순간 숙희는 입을 짜~악 벌리며 더 이상 반항할 힘을 잃어버렸다.

철호의 너무나도 거센 힘으로 숙희의 몸을 밀어붙이면서 상하로 운동을 하기 시작하자 숙희는 불안과 공포감에 정신이 몽롱하게 흐려졌다.

'오! 하느님!'

숙희의 절규도 아랑곳없이 철호는 숙희의 젖무덤에 오른손을 집어넣더니 연약한 젖무덤을 움켜잡고 사정없이 주물러댔다.

숙희는 아련히 감각을 느낄 뿐 이제는 반항도 소리도 없었다. 다만 무의식 속에서 뱉어내는 거친 호흡 소리와 가느다랗게 흘리는 신음소리가 전부였다. 그 신음소리는 철호의 몸놀림에 따라 "어떻게 해, 어떻게 해!"를 연신 외치고 있었다. 그런 시간이 얼마나 지났을까, 철호의 몸놀림이 빨라지고 격렬해지더니 "으~억"하고 소리를 지르며 온 몸이 경련을 일으키듯 비벼 틀었고 숙희도 아랫배가 뜨거워짐을 느끼며 "아~악!"

하고 비명을 질렀다.

마치 뜨거운 불덩어리가 사타구니를 타고 아랫배로 밀고 올라오는 것 같았다. 그 순간 철호는 마치 빨래를 힘차게 비틀어 짜듯 아랫도리에 힘을 주며 마지막 한 방울의 정액까지 다 짜내고 있었다.

철호의 붉게 충혈된 두 눈은 금방 앞으로 툭 튀어나올 것만 같았고 온몸은 경련이 일어 더 이상 운동을 할 수 없게 만들었다.

두 사람은 서로 부둥켜안은 채 마치 5,000볼트의 전기에 감전이라도 된 양 경련을 일으키며 부들부들 떨고 있었다. 둘이는 서로 그때까지 힘을 바짝 주고 있던 순간 동시에 온 몸의 힘이 쭉 빠지며 축 늘어졌다.

얼마나 지났을까 철호의 거친 손등이 숙희의 뺨을 "쓰윽~" 훑고 지나갔다. 굳은살이 박인 거친 손바닥이 볼을 스치고 지나가자 볼이 무척 따가움을 느꼈다.

순간 숙희는 볼을 찡그리며 인상을 찌푸렸다. 숙희는 눈을 감고 조금 전의 일들을 가만히 상상해 보았다. 정말 이상한 일은 그 짜릿했던 순간이 온몸을 타고 전율을 하고 있지만 그 기분이 싫지가 않고 좋았다. 철호가 몸을 움직여 지금까지 삽입되어 있던 물건을 쭉 빼냈다. 그러자 숙희는 아랫배가 시원함과 동시에 허전함이 밀려옴을 느꼈다. 그 순간만은 몹시 아쉬웠다. 그는 본능적으로 그 상태로 조금만 더 있고 싶다는 생각을 했다.

여전히 뒤뜰 버드나무 위에서는 왕 매미가 "와~왕~" 하며 울어대고 있었다. 숙희는 아무 걱정도 없었다. 그냥 머리가 멍한 것 같았다.

철호가 문밖으로 나가고 나자 다 드러나 있는 자기의 몸을 내려다보며 눈물이 났다. 그러나 왜 자기가 울고 있는지 이유를 몰랐다. 그 눈물이 어쩌면 아주 오랜만에 느껴보는 짜릿한 행복의 눈물인지, 못내 아쉬움의 눈물인지, 아니면 무력으로 무참히 짓밟힌 원망의 눈물인지 본인도 알 수가 없었다.

철호가 천천히 일어나 목욕탕으로 들어갔다. 샤워를 틀었는지 "쏴~" 하고 물 쏟아지는 소리가 희미하게 들렸다.

한 여름날 태양을 받은 창문은 밝게 빛났으며 매미소리는 아까보다 더 요란하게 들려왔다. 숙희는 방안 이리저리 두리번거리다가 팬티를 찾아 사타구니에 붙이고 겨우 일어나 장롱 앞으로 가서 서랍을 열고 새 팬티를 하나 꺼냈다. 그는 새 팬티를 입으려다가 급하게 아랫도리에 손을 갖다 대고 가랑이를 약간 벌리며 찢어진 팬티를 갖다 대고 무엇인가를 연신 닦아냈다.

찢어진 팬티가 다 젖었는지 팬티를 옆에 놓더니 침대위에 놓여 있는 휴지통에서 휴지 몇 장을 꺼내어 곱게 접더니 아래에 대고 새 팬티를 조심스럽게 입는다. 아직도 눈물이 고여 있는 눈은 붉게 충혈이 되어 있었다.

그는 다시 화장지를 꺼내어 거울을 보며 눈물을 조심스럽게 닦아내고 화장품을 꺼내 화장을 다시 고쳤다. 머리를 만져보니 머리가 많이 흐트러져 있었다.

그가 다시 머리빗을 꺼내 머리를 빗고 있는 사이 철호가 샤워를 끝내고 응접실로 나왔다. 그런데 응접실은 엉망이 되어 있었다. 상이 엎어져 국수 그릇이 방바닥에 반쯤 넘어져 국수와 국물이 반쯤 그릇에 담겨 있고 다른 한 그릇의 국수는 완전히 엎어져 그릇이 국수를 덮고 있었다. 그릇에 덮여 있는 그릇에서 국물이 쏟아져 바닥에 흥건하게 흘러 있었다.

철호는 그릇을 조심스레 뒤집어 국수를 담고 동치미 단지에서 국물을 퍼서 상위에 놓은 다음 칼을 찾아 숙희가 썰다가 만 김치를 썰어 상위에 올려놓았다. 그리고 화장실 가서 걸레를 찾아 바닥을 깨끗하게 닦아낸 다음 숙희가 있는 안방 쪽을 한 번 힐끔 쳐다보더니 국수 한 그릇을 들고 단숨에 물마시듯 먹어 치웠다.

숙희가 안방에서 밖으로 나오자 철호는 얼른 밖으로 나갔고 홀로 남겨진 국수를 내려다보다가 상 앞에 앉았다. 숙희는 배가 많이 고파 왔으나 지금은 그 국수를 먹을 수가 없었다. 그래서 숙희는 젓가락을 들었다가 다시 내려놓고 국수 그릇을 들어 쓰레기통에 부었다. 그리고는 부지런히 상을 치우기 시작하였다.

상을 다 치우고 난 숙희는 다시 안방으로 들어가 침대에 벌렁 누웠다. 이때 시계는 오후 2시를 넘어가고 있었다. 한여름 낮 산속에서 무슨 일이 있었냐는 듯 주위는 조용하기만 했고 "쉬~익~, 매롱~매롱~" 하며 매미소리만 요란했다.

천사의 눈물

05

철호의 협박

그날 동진이 시장에서 소를 2마리 사가지고 집에 돌아온 시간은 대략 8시쯤이었다. 오늘도 여전히 동진은 술을 잔뜩 마시고 차를 몰고 들어왔다.

숙희는 낮에 있었던 일이 동진에게 미안해서인지 오늘따라 동진을 반갑게 맞으며 전에 없는 많은 말을 하며 옆으로 다가갔다.

"아니 오늘도 술 드셨어? 술을 그렇게 많이 먹고 운전하시면 안 된다고 했잖여, 아니 사고 나면 어쩌려고 술을 그렇게 많이 먹고 운전을 혀유 그래, 저녁은 먹을 껴 안 먹을 껴?"

"어라, 이제 서방 밥도 주기 싫은 모양여, 밥 주기 싫으면 관둬 나 밥 안 먹어도 살아."

"얼라라! 아니 밥 안 먹었으면 차려 줄려고 묻는디 왜 그런다요."

"그만 둬, 나 밥 안 먹어."

"알았어! 밥 먹기 싫으면 어여 들어가 주무셔."

"야 이년아, 나 잠재워 놓고 너 어디 좋은 데 갈려고 그러냐?"

"아니 저이가 또 슬슬 시비를 허네, 그래 단 하루라도 조용히 넘어가면 배가 아픈 겨?"

"그래, 배 아프다 이년아!"

이때 화물차에서 소를 끌어내려 우사에 집어넣고 나오던 철호가 조심스럽게 한마디 거들었다.

"저~ 사장님! 소는 다 들여놨으니 이제 그만 들어가 주무십시오."

"어 그래, 오늘 별일 없었냐?"

"예, 별일은 없었는데 오후에 소가 새끼를 낳다가 난산을 해서 송아지 한 마리가 죽었습니다.

철호가 오후 4시경 나산에 있는 식당에서 급하게 고기 배달을 주문해 잠깐 갔다 오는 사이에 암소 한 마리가 새끼를 낳다가 너무 힘이 들어 자리에 주저앉았는데 송아지가 빨리 나오지 못해 질식사 했던 것이다. 물론 그때 옆에 사람이 있어 출산을 도와줬다면 송아지를 살릴 수 있는 일이었는데 참 안타까운 일이었다.

동진은 그 말을 듣고 순간 화가 폭발하는 모양이었다.

"뭐야, 둘이나 집에 있으면서 어떻게 소를 봤기에 송아지가 죽냐?"

하며 옆에 있는 작대기를 집어 들고 숙희에게 달려들면서,

"야 이년아, 낮에 뭐 했기에 소하나 못보고 송아지를 죽여,
이 씹할 년아."

하면서 옆에 있는 작대기를 들어 숙희의 머리를 향해 달려들
며 내리치는 것이었다. 너무나 순식간에 벌어진 일이라 숙희
도 어떻게 하지를 못하고 그냥 그 자리에서 눈만 찔끔 감아버
렸다.

'아~! 이걸 어쩌나 이제 죽었구나!'

숙희가 속으로 생각하며 눈을 감는 순간 철호가 번개같이
달려들어 동진의 앞을 가로 막으며 작대기를 낚아챘다. 철호
가 그냥 뒀으면 영락없이 숙희의 머리는 박살이 나고도 남는
일이었다. 그러나 숙희보다 더 당황한 사람은 숙희보다 동진
이었다.

어이없이 막대기를 빼앗기고 만 동진은 철호를 향해 욕을
하기 시작하였다.

"뭐야! 이 새끼는 저리 빨리 안 비켜."

하며 주먹을 쥐고 달려들었다.

"예! 못 비킵니다, 모든 잘못은 내가 했으니 때리고 싶거든
나를 때리십시오."

"뭐? 너, 나하고 지금 한번 해보자는 거여?"

동진은 손을 뻗어 빼앗겼던 막대기를 다시 뺏으려고 했다.

철호는 막대기를 뒤로 감추며,

"도대체 누님이 뭘 그렇게 잘못했다고 이 야단이십니까? 송아지 죽은 것은 다 내 책임이니까 내가 책임지겠습니다."

"뭐? 니놈이 어떻게 책임질래, 그리고 너 이 새끼 누굴 보고 누님이래."

하며 둘이 막대기를 사이에 두고 밀고 당기며 실랑이를 하고 있었다.

그런데 옆에서 지금까지 그 모습을 지켜보고 있던 숙희가 갑자기 비명 아닌 절규를 하면서 소리를 "꽥" 질렀다.

"그만들 혀요, 이제 당신 술 먹고 주정하는 것도 지겹고 소 기르는 것도 이제 지겨워요, 지금 우리가 남 보기만 좋았지 이게 사는 거유? 새벽부터 밤중까지 입에 쓴 내가 나도록 일하면서 갖은 욕 다 들어먹고, 나 더 이상 못 살겠다 고요~, 흑 흑 흑!'

하면서 대문 밖으로 뛰어 나갔다.

"아니 저 씹할 년이 뭘 잘했다고 악을 써, 확 밟어 죽여불까 부다 씹헐년을."

하면서 동진은 돌아서 현관문을 열고 들어가 버렸다.

철호는 그 자리에서 한참을 멍하니 서 있다가 숙희를 찾아 산 아래로 뛰어 내려갔다. 그러나 한참을 내려가도 숙희의 모습이 보이지 않자,

"누님~ 누님 어디 계세요~"

하며 불러 보았지만 돌아오는 건 메아리뿐이었다.

철호는 한참을 더 가서야 큰 느티나무 밑에 쪼그리고 앉아 고개를 숙이고 울고 있는 숙희를 발견하였다. 철호가 조심스럽게 옆으로 가서 숙희의 등을 살짝 안으며 말했다.

"누님, 사장님 그러시는 거 하루 이틀이 아닌데 뭘 그렇게 우세요."

그러자 숙희는 철호의 가슴에 쓰러지면서 더 크게 울기 시작하였다.

"이제 이대로는 더 이상 못 살겠어, 광주로 나가서 철승이하고 같이 살 거야, 으~흑흑흑."

하며 울고 또 울었다.

숙희는 낮에 그런 일이 있어서 동진에게 미안한 마음이 있었는데 지금 일이 이렇게 되고 보니 미안한 생각은 다 사라져 버리고 억지로라도 사고를 친 것이 오히려 쌤통이라는 생각이 들었다.

"철호 씨 나 여기서 도저히 이대로는 못 살것어, 난 광주로 나가 아들하고 같이 있을랑께 나 대신 우리 아저씨 좀 잘 도와 줘."

하며 부탁을 하자,

"누님, 만약에 누님이 없으면 나도 여기 그만두고 나갈랍니다. 사람이 어떻게 지금이 어떤 세상인데 매일 매일 이런 수모를 받고 사람이 살아갈 수 있습니까?"

라며 철호도 같이 눈물을 흘리고 있었다.

　"아니야, 동생이 여기 남아서 일 좀 도와줘야지 내가 광주로 나가 마음 놓고 있을 거 아냐."

라며 애원하듯 말을 했다.

　"누님! 사장님은 진짜 뜨거운 맛을 봐야 정신 차립니다. 내가 여기서 나가면 그냥 나갈 줄 알아요, 지놈을 확 죽여 버리고 가지."

하며 단호하게 말했다.

　숙희는 그 말에 화들짝 놀라며,

　"동생! 사람 죽여 봤어? 사람이 어떻게 사람을 죽여."

하며 철호의 표정을 살피자 철호는

　"죽여도 내가 죽이는 것이 아녀요, 내 주위에는 조폭으로 활동하는 친구들이 많아요. 내 전화 한 통만 하면은 쥐도 새도 모르게 죽일 수 있어요."

　"뭐? 말도 안 되는 소리 하지 마, 조폭이라고 다 사람을 죽이나? 그리고 그렇게 해서도 안 되고."

하며 숙희는 주먹으로 철호의 어깨를 한 대 쳤다.

　"어! 누님 진짜 두고 보세요, 부산에 칠성파도 있고, 서울 용산에 평양파도 있는데 두 파 모두 나와는 형제 같은 사람들이에요."

"에이 말도 안 되는 말로 시방 나한테 거짓부렁 하들 말어."
라고 했지만 숙희는 마음 한편으로는 약간 겁도 났다.

철호가 이 농장에 온지 이제 한 20여 일 밖에 안 되었고 그 전에 무엇을 했던 사람인지 잘 모르고 있는 숙희로서는 겁도 나고 불안한 것도 사실이었다.

철호는 숙희의 그런 마음을 정확히 읽고 있었고 오히려 그런 숙희의 모습을 보면서 마음속으로 즐기고 있었다.

"좋아요, 누님이 나를 그렇게 못 믿으니까 내가 지금 부산 칠성파 오야지한테 전화를 해서 내일 아침 일찍 이리로 오라고 할 게요."
하며 주머니에서 전화를 꺼냈다.

그 모습을 본 숙희는 화들짝 놀라면서 철호가 들고 있는 전화기를 얼른 낚아챘다.

너무나 갑자기 일어난 일이라 철호는 피하지 못하고 전화기를 뺏기고 말았다. 숙희는 철호에게 소리를 냅다 질렀다.

"아니 시방 뭐 하자는 거여, 제발 장난 좀 그만두지 못해."
라고 하는 순간 철호가 전화기를 다시 뺏으려고 팔을 잡았다.

"이리주세요, 내 한 몸 희생해서라도 누님이 평생 편하게 사신다면 나는 그것으로 만족합니다."

철호는 비장한 각오를 한 듯 보였다.

밤이 깊어지고 있었다. 철호는 숙희를 끌어안으며 귀에다 속삭이듯 말했다.

"누님! 너무 걱정하지 말아요, 무슨 일이 있어도 누님은 내가 지켜 줄게요. 다시는 사장님이 누님을 때리게 그냥 내버려 두지 않을 거예요. 그리고 앞으로는 욕도 못하게 할 거구요."

숙희는 지금 이 순간 철호를 믿고 싶었다. 아니 이 세상에서 자신을 지켜줄 사람은 오직 한 사람 철호 밖에 없다고 믿고 싶었다.

밤은 점점 깊어 한여름 밤이지만 등 쪽이 싸늘함을 느끼고 있었다. 철호가 다시 입을 열었다.

"누님! 이제 우리 올라가요, 밤이 많이 깊었어요."

숙희도 주위를 둘러보더니 그 사이에 시간이 많이 흐른 것을 느끼고 전화기를 꺼내 시간을 보더니,

"어머! 벌써 2시가 넘었네."

하며 잡고 있던 팔을 놓고 일어섰다.

둘은 말없이 농장으로 올라가고 있었다. 고개를 숙인 채 천천히 올라가고 있는 두 사람이지만 마음속으로는 서로 다른 생각을 하고 있었다.

농장에 불도 안 켜 사방은 어둡고 쥐죽은 듯 조용했다.

"어머? 아직 불도 안 켜놨네."

숙희가 달려가 전기 스위치를 올렸다. 순간 어두웠던 농장 안이 환하게 밝아졌다. 숙희는 철호에게 얼른 들어가 자라는

손짓을 하면서 조용히 현관문을 열고 안으로 들어갔다.

방안에는 동진이 코를 "드르렁 드르렁" 골며 세상모르고 자고 있었다. 숙희는 잠시 망설이고 서 있다가 그냥 응접실 소파 위에 조용히 누웠다.

비록 술은 먹고 개지랄을 다 하는 동진이지만 평소에는 숙희가 옆에 없으면 절대로 혼자서는 잠을 못 이루는 성격이었다. 그래서 둘이 같이 어느 친척 집에를 가더라도 동진의 그런 성격을 잘 알기 때문에 손님들이 아무리 많아도 꼭 둘은 한방에 재워줬다.

그 뿐이 아니었다. 동네 친목계를 가더라도 다른 사람들은 한방에 여러 사람들이 합숙을 하는데 동진이네는 방값을 별도로 치르더라도 독방을 얻어 둘만이 정답게 자곤 했다.

숙희는 이런 저런 생각에 잠을 제대로 이루지 못하다가 새벽에서야 겨우 잠이 들었다.

그런 일이 있고부터는 동진이가 집만 비웠다 하면 철호는 숙희에게 데시를 하며 애정 행각을 벌이려 하였다. 그때마다 숙희는 무척 겁이 났고 혹시라도 동진이가 이런 사실을 알까 봐 조심스러웠다. 혹시 동진이 알기라도 하는 날이면 그 성격에 둘을 그냥 살려두지 않을 거라는 것을 숙희는 너무 잘 알고 있기 때문이었다. 그렇다고 철호의 마음을 외면하고 냉정하게 할 수도 없는 노릇이었다. 그래서 숙희는 어쩔 수 없이 간혹

철호와 관계를 가질 수밖에 없었다.

사실 동진이 우시장에 나가고 소를 도축하러 다니기는 하지만 집으로 수시로 찾아오는 사람들이 많아 둘만의 시간을 갖기도 그리 쉬운 일은 아니었다.

그로부터 며칠이 지났다. 철호가 숙희에게 심각한 표정을 지으면서 말을 했다.

"저~ 누님, 내가 지난번에 친구와 같이 외국에서 물건을 좀 들여왔는데 돈이 좀 모자라니 누님이 좀 빌려주시면 물건을 팔아 갚아 드리면 안 되겠어요?"

철호가 너무나 조심스럽게 하는 말이라 숙희도 가볍게 그 말을 넘길 수가 없었다.

"무~슨 물건을 들여오는데~?"

"중국에 있는 공장에서 주방용 후라이팬을 들여다 팔았는데 이번에 그 돈이 좀 모자라서요."

"후라이팬? 그럼 그것을 들여다 어디다가 파는 디?"
하고 물으니 철호가 입가에 미소를 띠며,

"물건을 못 가져 와서 못 팔지 들여오기만 하면 서울 남대문 시장에 내 놓으면 금방 다 팔려 버려요."
하고 호기를 부렸다.

"그럼 그런 일을 동상이 몇 번이나 해 본 거야?"

"그럼요, 이번이 다섯 번째로 들여오는데요 뭐."

"그럼 그동안 돈 많이 벌었겠는데 그 돈 벌어서 다 뭐하고 나한테 돈을 빌려달라고 해?"

"그야 그 돈으로 친구 놈이 서울에서 사업을 크게 하고 있지요."

"그럼 사업 크게 하고 있는 친구한테 돈을 빌려야지 왜 나한테 그랴?"

"아따 누님도 잘 알고 계시겠지만 일단 사업을 벌려 놓으면 돈이 항상 잘 도는 것이 아니잖아요. 돈이 잘 돌다가 한번 딱 막히면 어쩔 수 없을 때가 있어요."

"그래서 그 돈을 철호가 구해야 돼?"

"그래서 제가 이런데 와서 일을 열심히 하고 있는 것도 다 그런 이유가 있어서지요."

"만약에 컨테이너만 통관시켜 서울로 올려 보내면 바로 돈이 나오니까 걱정하지 말고 누님이 며칠만 돈을 좀 빌려 주세요."

"저~ 모자라다는 돈이 얼만 디 그래?"

"응, 음 500만 원, 500만 원만 빌려주시면 일주일, 일주일 내에 내가 이자까지 딱~ 계산해서 드리겠습니다, 누님!"

숙희는 뭔가를 곰곰이 생각해 봤다. 물론 돈이야 매일 매일 고기를 팔아서 통장에는 1~2천만 원씩은 항상 있고, 숙희가 남 몰래 비상금으로 가지고 있는 돈만도 3천만 원이 넘었다. 그래서 숙희가 마음만 먹는다면 돈 500만 원 정도 빌려 준다는 것은 일도 아니지만 철호와의 관계를 생각해 보면 서로 돈 거래를 한다는 것이 왠지 마음이 내키지 않았다. 더군다나 요 며칠 동안 서로가 불륜관계도 있지 않은가.

철호도 그동안 같이 생활을 하면서 숙희의 능력으로 돈 500만 원 정도 빌려 주는데 그렇게 어려운 일이 아니라고 생각하고 있었다. 그러나 숙희가 망설이는 모습을 보이자 바짝 다그치며 말을 했다.

"누님! 누님은 아직도 이 장철호를 못 믿는 겁니까?"
라고 하자 숙희는,

"아니 내가 동상을 못 믿는 것이 아니고 지금 우리 형편에 그 큰돈이 어디에 있다고 그려."
하면서 시치미를 뚝 뗐다. 그러자 다급해진 쪽은 철호였다. 그래서 철호는 숙희의 손을 잡으며 애원하듯,

"누님! 누님이 이번 한번만 내 사정을 봐 주면 난 금방 형편이 쫙~ 풀려요, 그러니 내 부탁을 꼭 들어줘야 해요."
철호의 그 말에 숙희의 마음이 약해졌다.

"그 그럼 그 돈이 언제 필요하단가?"
하며 숙희는 목소리를 낮추며 물었다.

"내일이요, 내일 물건이 통관하는 날이거든요."

"알았어, 낼까지 내가 어떻게 해 볼게, 그런데 돈이 만약 된다고 하더라도 우리 약속은 꼭 지켜야 혀?"

"네! 네! 여부가 있겠습니까, 이 장철호 지금까지 신용하나 먹고 살았습니다, 걱정하지 마십시오. 하! 하! 하!"

그날 밤 숙희는 고민을 많이 했다. 만약에 돈 부탁을 안 들어 주면 철호가 어떻게 나올 것인지도 생각을 해 봤다.

그 결론이 철호를 오래 오래 붙들어 놓기 위해서라도 돈을 빌려줘야 된다고 생각했다. 그러나 한편으로는 만약에 돈을 빌려줘서 일이 잘 풀려 철호가 빨리 농장을 떠나버리면 어떻게 하나 하는 불안감도 느끼고 있었다.

그렇게 생각을 하니 이놈의 돈을 빌려줘도 고민이고 안 빌려줘도 고민이었다. 그는 그렇게 남모르는 고민을 하며 잠을 쉽게 이루지 못하며 이리 뒤척 저리 뒤척 고민을 하다가 돈을 빌려주는 쪽으로 결론을 내리고 새벽녘이 되어서야 잠에 빠져 들었다.

숙희가 돈을 빌려 주고 일주일이 흘러갔다. 그러나 도대체 철호는 숙희에게 돈을 갚겠다는 말이 없었다.

그 대신 철호는 농장 일도 열심히 하였으며 고기포장은 물론이고 배달과 택배 일까지 거의 못하는 일이 없이 부지런하게 다 잘 했다. 그렇기 때문에 숙희는 철호에게 돈 얘기를 쉽게 꺼낼 수가 없었다. 그러나 숙희는 물건을 수입하는 일이 궁금해서 견딜 수가 없었다.

숙희는 2~3일을 더 기다렸다가 철호에게 물어봤다.

"저~ 컨테이너는 잘 들어왔어?"

"무슨 컨테이너요?"

"아니 중국에서 후라이팬 수입한다고 안 했어?"

"아~ 예, 아직 못 들어왔시오."

하면서 철호는 머리를 극적거렸다.

"뭐! 왜?"

"저~ 친구가 아직 돈 마련을 못해서요."

"그럼 지금까지 들어간 돈은 어떻게 해?"

"그래서 나도 잠을 못자고 고민하고 있어요."

"아니, 일주일 안으로 물건 팔아서 내 돈을 갚아준다고 해 놓고서 어쩌려고 그런 태평한 소리를 하는 거여 시방."

순간 철호는 무엇을 생각했는지 눈을 번쩍 뜨더니

"누님! 지금 모자라는 돈이 800만 원이거든요. 기왕 도와주 신 김에 돈 800만 원만 더 빌려 주세요. 그래야 물건을 빨리 들 여와 누님 돈도 갚을 게 아닙니까."

"뭐시라고 시방 뭐라고 했어? 그 500만 원도 사장님 몰래 겨 우 해서 빌려 줬는디 시방 800만 원이 어딧다고 그려."

"누님, 그러시지 말고 잘 좀 생각을 해 봐요."

"됐네요, 돈 800만 원 나한테는 먹고 죽으려고 해도 없으니 께, 어떻게 일이나 좀 잘 해서 500만 원이나 빨리 갚아. 만약 사장님이 이런 사실을 알았다가는 철호도 죽고 나도 뼈도 못

추려, 알았어?'

라고 했고 그 말을 듣자 철호가 갑자기 화가 났는지 주머니에서 휴대폰을 꺼내더니 어디론가 전화를 걸었다.

"여보세요, 여보세요! 칠성파 이은범 형님이십니까?"

"······"

"저 철호입니다, 장철호요. 저 형님! 내일 아침 일찍 애들 두 명만 데리고 형님이 좀 내려와 주셔야겠습니다."

"······"

"지난번에 제가 말씀 드렸지요? 함평군 나산면 구산이라고 그리고 애들을 칼 좀 잘 쓰고 힘 좀 센 놈으로 뽑아 오십시오, 형님!"

그 모습을 바라보고 있던 숙희의 얼굴이 백지장처럼 하얗게 변했다. 숙희의 동정을 힐끔 살핀 철호는 더욱 큰소리로 외쳤다.

"형님! 이번 일만 잘 끝나면 형님 한밑천 잡게 해 드리겠습니다, 형님!"

숙희가 떨리는 목소리로 말을 했다.

"아니 동상! 시방 누구를 협박하는 거여? 어디 죽일 테면 죽여 봐, 누가 그런 공갈에 넘어갈 사람 있어?"

하며 돌아서서 갈려고 했다.

"누님! 오해하지 마세요, 사장 같은 놈은 죽여 버려야 누님이 하루라도 발을 쭉 뻗고 주무시지요. 제가 다 누님을 위해서 이러는 거라니까요."

"일 없어 동상! 나는 시방 이대로가 좋으니께, 내 걱정일랑 하들 말고 동상은 동상 걱정이나 하면서 살드라고."

라고 하자 철호는 아주 비겁한 웃음을 지으면서,

"광주의 큰 아들 철승이, 서울 봉천동에 사는 성현이 제가 주소까지 다 알고 있으니 이번에 사그리 다 손봐 드리겠습니다, 누님!"

하며 이죽거리며 웃는다. 광주의 아들이나 서울의 딸에게 고기를 가끔씩 부칠 때 철호가 심부름을 다녔기 때문에 주소를 적어두어 다 알고 있었다.

숙희는 가슴이 뛰고 다리가 후들거렸다. 아무리 꾀를 내 봐도 어느 누구에게 이런 말을 털어 놓고 상의를 해보거나 도움을 요청할 곳이 없었다.

등줄기에서는 식은땀이 주루룩 흘러 내렸다. 숙희는 정신을 똑바로 붙잡고 돌아서서 현관문 손잡이를 잡았다. 손잡이를 잡는 손이 파르르 떨고 있었다. 그러나 숙희는 이를 악물고 표시를 안내려고 버티고 서 있었다.

현관문을 열고 겨우 소파까지 걸어간 숙희는 소파에 쓰러지듯 누웠다. 앞이 캄캄했지만 정신을 똑바로 차려야 한다고 생각했다. 눈앞에서 성현이와 철승이 얼굴이 어른거렸다.

"아니야! 아니야! 지금 내가 무슨 짓을 하고 있는 거야, 우리 애들이 다쳐서는 안 돼."
하며 두 눈을 꼭 감아 버렸다.

숙희는 자기가 저지른 철없는 불장난에 소리 없이 통곡을 하고 있었다.

천사의 눈물

06

숙희의 가출

06

그 일이 있고 난 3일 후였다.

동진이 소를 사러 함평 우시장으로 새벽바람에 아침도 안 먹고 나갔다. 철호는 좀 늦게까지 자다가 자리에서 일어나 시계를 쳐다봤다. 아침 6시였다.

철호는 작업복을 입고 우사를 한 바퀴 돌아보고 있었다. 숙희도 일어나 주방에서 아침을 준비하고 있었다.

철호가 현관문을 열고 들어와 주방에서 일을 하고 있는 숙희의 곁으로 와서 숙희를 뒤에서 끌어안았다. 숙희는 화들짝 놀라 몸을 피해 달아나며 한마디 했다.

"무슨 일이야 이아침에, 누가 보기라도 하면 어떻게 하려구!"

"누가 보기는 누가 본다고 그래 집안에 아무도 없는 거 다 아는데."

하며 다시 달려들었다.

"아이! 일 없어 자꾸 이러지 마!"

하며 몸을 피하는 순간 철호의 얼굴이 순간 험하게 찌그러졌다.

"좋아 이 씨팔! 나 오늘 부산에 갔다 올 거야. 만약 내가 다시 올 때까지 돈 800만 원 안 해 놓으면 그땐 진짜 사그리 청소하는 줄 알아, 알았어?"

하며 밖으로 나갔다.

　"뭣이라고 무슨 청소를 한다는 거여 시방?"

하고 소리를 지르자 문으로 나가던 철호가 다시 뒤를 돌아보며 고함을 질렀다.

　"청소도 몰라 청소?! 사그리 죽여 버리겠다는 뜻이야, 이 맹꽁아!"

하며 문을 "꽝~" 닫고 나갔다. 숙희는 그 말을 듣자 다시 손이 떨려서 하던 일을 멈추고 소파로 가서 털썩 주저앉았다.

　숙희는 금방이라도 철호가 무슨 일을 낼 것만 같아 겁이 났다. 남편만 죽인다 해도 겁이 나는 일인데 아들, 딸까지 죽인다고 지랄 발광을 하니 더 가슴이 떨리는 것이었다.

　더군다나 남편 동진이 요 며칠 숙희의 행동이 아무래도 심상치 않았는지 말도 잘 안하고 눈치만 살살 살피고 있었다. 숙희는 그것이 더 불안했다.

　창문을 통해서 밖을 쳐다보니 철호가 옷을 갈아입고 어디론가 가고 있었다. 숙희가 재빨리 일어나 창문을 열고 철호의 뒷모습을 보며 소리를 질렀다.

　"아니 아침 안 먹고 어디 가는 거야, 나가더라도 밥이나 먹고 나가야지."

그러나 철호는 그의 말을 들은 척도 안하고 뚜벅뚜벅 걸어서 산을 내려갔다. 숙희는 그런 그의 모습을 보자 더욱 가슴이 불안하고 가슴이 답답해졌다.

'아이구, 내가 미친년이지 50평생이 넘도록 살면서 남한테 싫은 소리 한마디 안 듣고 살아온 내가 어쩌다 저런 깡패 같은 놈을 만나서 책을 잡혀 이토록 가슴앓이를 해야 하다니 내가 그냥 확 죽어버리는 것이 낳겠다.'

하며 두 주먹으로 가슴을 쳤다.

숙희는 마음이 너무 아팠는지 소파에 가서 엎드려 엉엉 소리를 내며 울었다.

'차라리 나 혼자만 어디로 가서 조용히 죽어 버리면 모든 것이 다 끝나겠지.'

라고 생각을 해보지만 남은 두 새끼들을 생각하면 쉽게 그럴 수만도 없었다. 그는 울고 또 울다가 어느 사이 잠이 들었다.

밖에서 인기척이 나는 것을 꿈속에서 아련히 느꼈다. 그 인기척을 조용히 따라가고 있는데,

"어! 아무도 없나 조용하네."

하며 문 열리는 소리가 들렸다. 숙희는 반사적으로 자리에서 벌떡 일어났다.

"네! 나가요."

하며 일어나 머리를 만지며 나가보니 아랫동네 과수원집 아저
씨였다.

　"아니 오늘은 농장이 조용하네여, 저 뭐시냐 소고기 좋은 디
로 한 다섯 근만 줘 봐요."
하면서 숙희의 얼굴을 살폈다.

　"아니 무슨 손님이라도 왔시오, 쇠고기를 다섯 근씩이나 사
가시게요."
하며 숙희는 냉장고 문을 열었다.

　"근디 정 사장님은 어디 가셨어요?"

　"오늘이 함평 장이잖아유."

　"아 그렇지, 오늘이 함평 장이지. 그런디 아줌씨 뭔 일이 있
나요, 눈이 그렇게 퉁퉁 부어 있게?"
하고 물었다.

　순간 당황한 숙희는 눈을 비비며,

　"아녀유, 내가 오늘 늦잠을 좀 잤더니."
하며 말끝을 흐렸다.

　"구워 드시려면 안심이 좋겠지유?"

　"글쎄요, 등심이 더 좋을라나?"

　"사람마다 취향이 서로 틀려 안심이 좋다는 사람 있고 등심
이 좋다는 사람 있으니께 좋을 대로 해유."

　"그냥 좋은 대로 다섯 근만 줘 봐요."

"한 근에 얼매씩인가유?"

"그냥 요즘 26,000원씩 받고 있어유."

"그럼 다섯 근이면 130,000원이네유."

하며 돈을 건넸다.

숙희는 돈을 받아 쥐고 잘 가라고 인사를 한 다음 아저씨가 떠나자 밖을 여기저기 둘러 봤다. 혹시나 하고 철호의 모습을 찾고 있는 중이었다.

기대했던 철호의 모습이 안보이자 힘이 하나도 없이 방안으로 들어가 시간을 보니 벌써 시계 바늘은 12시를 가리키고 있었다.

숙희는 아침도 굶었지만 배고픔도 느끼지 못했다. 앞으로 무슨 일이 닥쳐올지 초조하고 불안했다.

시간이 얼마나 지났을까 전화벨이 울렸다.

철호였다. 술이 잔뜩 취해 있었다.

"여보시오?"

"돈 800만 원 해 놨어, 못해 놨어?"

"야! 이 미친놈아 돈 800만 원 누구한테 맡겨놨냐?"

"뭐? 너 년도 그렇게만 해봐, 오늘 내가 아주 싹 쓸어버릴 테니까 각오 단단히 하라구."

"시끄러워 이눔아! 씨잘 때기 없는 소리랑 하들 말고 죽이고 싶으면 죽이고 살리고 싶으면 살려 이눔아, 니가 그런다고 누가 겁날 줄 알아?"

"내가 지금 분명히 경고했어. 나중에 일 벌어지고 난 다음에 후회하지 마."

하고 전화를 뚝 끊었다.

숙희는 엉겁결에 큰 소리는 쳤지만 가슴은 콩닥콩닥 뛰었다.

조금 있으려니 동진이 소를 6마리나 사가지고 들어왔다. 5톤 화물차에 큰 소 6마리를 실으면 빈틈이 하나도 없이 꽉 들어차서 운전하기도 어려웠을 텐데 동진은 술까지 잔뜩 먹고 차를 몰고 이 산길을 올라왔다.

산 입구 큰 길까지는 아스팔트 포장이 되어 있어서 그래도 좀 나은 편인데 큰길에서 농장까지는 비포장도로에 한 1㎞ 정도는 울퉁불퉁 거리는 길이었다.

동진은 차에서 내려도 철호의 모습이 보이지 않자 두리번거리며 숙희를 불렀다. 숙희는 소여물을 리어카에 실어주려다 말고 동진이 들어오는 걸 보고 차 앞으로 가고 있었다.

"아니 왜 철호는 어디가고 당신이 소 여물을 주는 거야?"

하고 묻자 숙희는 잠시 망설이다가

"철호 오늘 그만두고 집 나갔어."

하고 대답했다.

그 소리를 들은 동진은 화가 나는지 씩씩거리며 숙희에게 소리를 질렀다.

"아니 그 새끼 봉급도 아직 안 줬지 않아?"

"그래, 봉급 아직 안 줬어."

"그런 디 왜?"

"나도 몰라, 당신이 아침에 나간 뒤에 옷 갈아입고 나갔어."

"나 없는 사이에 무슨 일이 있었냐?"

"일은 무슨 일 아무 일도 없었어."

동진은 고개를 갸우뚱거리며 차 뒤로 돌아가서 차 뒷문을 열고 소를 내리기 시작하였다. 숙희도 아무 말 없이 소를 몰아 우사로 넣는 일을 거들었다.

"야 이 병신아, 이쪽으로 와서 서 있어야지 소가 그리 들어가지 어떻게 소가 가는 길을 딱 막고 서 있으면 소가 어디로 들어가라는 거여 이 씹할."

그 소리에 깜짝 놀란 숙희는 거의 주눅이 든 사람처럼 허둥지둥 움직였다.

오늘은 철호도 없어서 동진이 술주정을 하면 누가 와서 말려줄 사람도 없었다. 그래서 숙희에게는 더욱 조심스러워지는 밤이기도 하였다.

소를 2, 3마리 내렸는데 전화벨이 울렸다. 그래도 숙희는 못 들은 척 하고 소를 내리는데 열중하고 있었다. 전화벨은 한참 울리다가 끊어졌다.

소를 다 우사로 넣고 문을 잠그고 있는데 다시 전화벨이 울

리기 시작했다. 숙희는 동진을 한번 힐끔 쳐다보며

"아니 이 밤중에 누가 이렇게 전화를 하는 거야."

하고 중얼거리며 전화 수화기를 들었다.

전화를 한 사람은 다름 아닌 철호였다. 철호는 아까보다 더 술을 퍼 마셨는지 거의 혀가 꼬부라진 말투로 흥얼거리고 있었다. 숙희는 얼른 수화기를 손으로 막고서 동진의 동정을 살폈다.

동진은 여전히 우사 앞에 있었다. 그사이 날은 점점 어두워져 동진이 우사 앞에서 무엇을 하고 있는지 보이지 않았다. 숙희는 조금 안심이 되는지 수화기를 다시 귀에다 갖다 댔다.

"여보시오, 지금 거기가 어디여?"

"……"

"아니 부산으로 간다더니 제천에는 왜 가 있는 거여, 그리고 전화질 그만하란 말이여 누구 죽는 꼴 보고 싶어서 그려."

"……"

"뭣이여 올려거든 이리 오던지."

"……"

"돈도 없으면서 왜 나갔어, 그냥 집에 자빠져서 일이나 하지."

"……"

"그러니께 택시비는 내가 준다고 했잖여."

"……"

"난 제천이 어딘지 몰러, 그냥 택시 타고 와."

"……"

"뭐여? 택시비가 30만 원이라고, 아니 제천이 어딘디 그렇게 많이 나온디야, 알았어! 준비해 놓을게 바로 타고 와."

"철커덕!"

숙희는 수화기를 집어 던지듯 내려놓았다.

숙희는 낮에 왔던 전화번호를 생각하며 고개를 갸우뚱하고 생각을 해 보더니 전화기를 꺼내 그 번호를 찾아 눌렀다.

"여보세요, 거기가 어디세요?"

전화를 어떤 여자가 받더니

"왜 그러시는데요?"

하고 묻는다.

"거기가 혹시 제천 아닌가요?"

"그런데요, 누구를 찾으시는데요?"

"거기 혹시 장철호 씨라고 계시나요?"

"……"

"거기가 장철호 씨 댁인가요?"

"여보세요, 여기 그런 사람 없는데요, 아마 전화번호를 잘못 누르신 것 같네요. 뚝~뚜~뚜~!"

"여보세요, 잠깐만요, 어! 전화를 그냥 끊어버리네."

숙희는 전화를 다시 걸려다가 말고 그냥 전화기를 접어 주머니에 넣었다. 그때 동진이 문을 열고 들어왔다.

"누구 전화야?"

"응 일꾼."

"그 자식 일도 안하고 어디서 전화질이야?"

"지금 택시타고 들어온다고 택시비 좀 해 놓으라."

"뭐? 그 개새끼 누구를 핫바지로 알고 있나 누구한테 감히 택시비를 마련해 놓으래, 이 씹할 새끼가."

"어차피 우리가 줄 돈 있는데 뭘 그렇게 소리를 지른디야."

"이 씹헐 놈이 그만 두면 그만 둔다고 하고 사람을 새로 구하라고 해서 사람을 구하고 나면 봉급을 정산하고 그만 둬야지, 씹헐 놈이 여기가 무슨 지 집 안방이라고 택시 타고 온다고 돈 준비해 놓으래, 이 씹헐 놈이."

하며 동진은 화를 냈다.

"아 됐어, 그렇게라도 들어와서 일하면 우리야 좋지."

"됐기는 뭐가 됐어, 이 씹할 년아!"

"또! 또 시작이네."

숙희가 정색을 하며 동진을 보며 나무라자 동진은

"좆 까는 소리하고 있네 이 씹할, 택시비 주지 마! 알았어?"

"알았어, 내가 다 알아서 할 테니까 당신은 빨리 잠이나 자."

"야 이년아, 너 그놈한테 무슨 약점 잡혔냐?"

하며 동진이 도끼눈을 뜨고 숙희에게 달려들었다.

"얼랄라, 잠이나 빨리 자면 좋겠구만, 왜 또 시작이야."

하며 숙희가 몸을 피하자,

"주지 말라면 주지 마 알았어, 만약에 택시비만 줬단 봐라 두 연놈을 확 밟아 죽여 버릴 거야."

하면서 바지를 벗으며 안방으로 들어갔다.

동진이 들어가 자리에 눕자 집안은 갑자기 조용한 적막이 흘렀다. 숙희는 그 조용함이 싫어 밖으로 나와 우사를 둘러보고 있었다.

소들을 보고 있노라니 마음이 든든하고 좋았다. 그러나 소를 기르는 일이 그렇게 좋은 것만 있는 것이 아니었다. 하루 세 번씩 사료를 주고 소독약도 해주고 우사를 치우는 일들이 보통 힘든 일이 아니었다.

소 2, 30마리 키우기도 힘이 드는데 숙희네는 200~300마리씩 키우니 얼마나 힘이 들겠는가? 그래도 요즈음은 기계가 발달하여 기계로 웬만한 일은 다 하니까 그렇지 옛날 같으면 사람 10명이 해도 다 못하는 일이었다.

동진은 주로 발정 난 소를 찾아 수태를 시키고 또 새끼를 낳을 때 출산을 도와주는 일, 또 소의 대소변을 살펴보고 병이 났는지 안 났는지 빨리빨리 알아야 처방을 할 수 있어 그런 일에 몰두하고 있었다. 그래서 동진은 하루가 어떻게 지나갔는지도 모르게 바쁜 나날을 보내고 있는 것이었다.

얼마나 지났을까, 숙희의 전화벨이 울렸다. 숙희가 시계를 보니 시간은 밤 11시를 지나고 있었다.

"여보세요, 뭐라고? 똑똑히 말해봐! 농장 앞에 올라온다고? 알았어, 올라와."

전화를 끊자 저 밑에서 라이트 불빛이 보이며 차가 한 대 올라오고 있었다.

택시가 농장 앞에 올라 와서 클랙슨을 세차게 울렸다. 숙희가 택시비를 가지러 현관문 쪽으로 가다가 소리를 지르며 뛰어 내려왔다.

"아저씨 조용히 해여, 이 밤중에 뭔 소리를 그렇게 낸디야 시끄럽게, 울 아저씨 깨면 큰 일이 나는디."
하며 운전수를 나무랐다.

그러나 아무 영문도 모르는 운전수가 이번에는 차 문을 열고 나오면서 큰소리로 말을 했다.

"아이구! 이 밤중에 여기를 찾아오느라고 애를 먹었습니다."

"아 좀 조용히 하시랑께요, 우리 사장님 깨면 난리가 나는디 큰일났네."
하며 숙희가 만류했지만 운전수는 또 큰 소리로 말을 했다.

"손님이 술을 얼마나 많이 먹었는지 자꾸만 횡설수설 하는 바람에 이 주위를 뺑뺑 돌았는데 이 촌에서 밤이라 누구에게 물어볼 사람도 없고 아주 그냥 혼이 났습니다."

"아저씨 제발 조용히 좀 하시랑께요, 어매 저 아저씨 왜 저
렇게 떠든디야."

그러고 있는 사이에도 철호는 택시 뒷좌석에 앉아 코를 골
며 자고 있었다.

숙희가 뒷문을 열고 흔들어 깨우자 부시시 일어나며,

"여기가 어디야?"

하고 눈을 뜨더니 숙희를 보자 슬며시 차에서 내려 비틀비틀
컨테이너 방으로 가고 있었다.

동진은 택시 클랙슨 소리에 잠을 깨서 일어나 밖을 내다보
니 운전수와 숙희가 뭐라고 하는 모습이 보였다.

"야! 당신 시방 거기서 뭐하는 거여?"

하며 소리를 지르자 숙희가 기겁을 하며 운전수에게

"오매 큰일 났네. 그라니께 조용히 하랬지 않아요. 시방 돈
못줘요, 우리 아저씨한테 나 맞아 죽어유. 빨리 계좌번호 하나
적어주고 빨리 가요, 그라면 낼 내가 돈 부쳐 줄게 유."

하며 속삭이듯 말을 했다.

택시비를 내 놓으라고 강하게 덤비던 택시 운전수는 그때야
상황파악이 되었는지 계좌번호를 적어주며,

"40만 원은 보내줘야 되는데요."

하며 건넸다.

"오매~! 뭔 놈의 택시비가 세상에 40만 원이라고라우, 징그 랍소? 그건 그렇고 빨리 내려가시오 울 아저씨 나오면 난리가 나니께."

하고 돌아서려는데 동진의 거친 소리가 숙희의 귀를 때렸다.

"야 이 개 같은 년, 너 지금 택시비만 줘봐 내가 죽여 버릴 거 여!"

하며 현관문을 열고 나왔다. 그러자 택시 기사가 움찔 놀라며 얼른 택시에 올라타서 시동을 걸어 밖으로 나갔다.

"아따매, 철호 월급도 있는디 왜 그렇게 소리를 지른다요?"

"지미 씹할, 나 그 새끼 월급 못줘. 그러니까 택시비도 주지 말란 말이여."

동진은 아직 술이 취한 상태여서 숙희가 삐끗 말이라도 한 마디 잘못 했다가는 또 이성을 잃고 난리를 치면 숙희 혼자서 는 도저히 감당을 해 나갈 수가 없었다.

숙희는 얼른 계좌번호가 적힌 쪽지를 주머니에 넣으며 동진 앞을 지나 현관으로 들어가려고 했다. 그러자 동진이 숙희의 팔을 잽싸게 낚아채며 말했다.

"너 이 씹할 년, 지금 주머니에 넣은 것이 뭐여 빨리 꺼내봐."

하며 팔을 잡아 비틀어 꺾었다.

"악~! 팔 놔, 내가 꺼내 보여줄 게 팔 빨리 놔."

하며 비명을 질렀고 동진은 종이를 꺼낼 때까지 팔을 놓지 않겠다며 더 세게 힘을 주었다. 숙희는 아픔에 못 이겨 종이를 얼른 꺼내어 동진에게 내밀며 그 자리에 주저앉아 울음을 터트렸다. 물론 그것은 계좌번호를 적은 종이였다.

"아야! 아프단 말이야, 으 흐흐 흑! 그렇게 팔을 세게 잡으면 어떡해, 흑흑흑!"

숙희는 바닥에 주저앉아 울음을 터트렸고, 동진은 그 종이를 받아들자 보지도 않고 갈기갈기 찢어 버렸다. 동진은 땅바닥에 앉아 울고 있는 숙희는 거들떠보지도 않고 방으로 들어가 방바닥에 드러누웠다.

숙희는 동진이 들어간 뒤에도 얼마동안 앉아서 울었다. 물론 팔도 아프지만 그보다는 자기가 현재 처해 있는 입장이 처량해서 울고 또 울었다.

숙희가 밖에서 얼마나 울었을까, 눈물 젖은 가로등이 희미하게 보이며 커졌다 작아졌다 하는 것처럼 보였다. 숙희는 울음을 그치고 손등으로 눈물을 쓱 닦고 가로등을 다시 쳐다봤다. 그랬더니 이번에는 불빛이 선명하게 보이면서 등 주위에 수많은 모기떼와 나방들이 불빛을 중심으로 돌고 또 돌았다. 숙희는 그냥 그 모습들을 멍청히 신기한 듯 쳐다보고 있었다. 그러면서 숙희는 불현 듯 동진을 맨 처음 만났을 때를 생각해 보았다. 생각해 보면 아주 먼~ 옛날의 추억이기도 했다.

그러니까 지금부터 38년 전의 일이었다. 고향 정읍 산내에서 고등학교를 다니다가 부모님들과 함께 부천으로 이사를 왔다. 그때 숙희의 나이 18세라고는 했으나 너무나 어린 시골 촌닭으로 세상 물정도 전연 모르는 철부지였다.

새로 전학 온 학교에 적응을 못한 숙희가 하교에 가기 싫다고 울어대면 언니인 지수가 달래면서 학교까지 바래다주기도 했다.

숙희가 부천으로 이사 온 지 일주일도 채 안되어 봄방학을 했다. 엄마 아빠 그리고 언니와 숙희 이렇게 4식구는 모처럼 도시락을 싸가지고 창경원으로 동물구경을 가기로 했다.

부천에서 버스를 타고 서울역으로 와서 또 다른 버스를 타고 창경원 앞에 내렸는데 그날이 봄날의 일요일이기도 했지만 사람들이 너무 많아 인산인해를 이루고 있었다.

어렵게 줄을 서서 표를 사가지고 들어갔는데 난생 처음 보는 사자와 코끼리를 보면서 너무 신기해, 정신이 팔린 나머지 숙희는 그만 언니의 손을 놓고 말았다.

정신을 차린 숙희는 사람들 틈을 헤집고 다니며 언니를 아무리 찾아봐도 언니나 엄마 아빠는 눈에 보이지 않았다.

몇 시간을 얼마나 헤매고 다녔을까, 눈물 콧물을 흘려서 숙희의 얼굴은 엉망 이 되었고, 배도 고프고, 더 이상 찾아다닐 힘도 없어 그만 땅바닥에 주저앉아 엉엉 울고 있었다. 수많은 사람들이 지나다녔지만 어느 누구하나 숙희를 거들떠보는 사람이 없었다.

그렇게 얼마를 울었을까, 숙희는 거의 기진하여 쓰러지기 직전이었는데 어떤 젊은 남자 하나가 숙희 곁으로 와서 말을 걸었다.

"너 왜 우는 거야? 놀러 왔다가 식구들을 잃어 버렸구나, 그지?"

하고 물었지만 숙희는 아무 대답도 하지 못하고 그 남자 얼굴만 빤히 쳐다보고 있었다.

"야 일어나, 내가 니네 엄마 아빠 찾아줄 테니까 걱정하지 말고 나하고 같이 가자."

하면서 숙희의 팔을 잡고 일으켰다.

숙희는 몸을 가눌 수조차 없을 정도로 온 몸에 힘이 하나도 없었다. 그렇다고 혼자서 아침에 왔던 길을 찾아갈 수도 없었을 뿐만 아니라 차비 한 푼 가지고 있지 않았다.

청년은 창경원에서 숙희를 데리고 나와 중국집으로 들어갔다.

"너 이름이 뭐니?"

"숙희예요, 김숙희!"

"내 이름은 정동진이야, 너 지금 배 많이 고프지?"

숙희는 말없이 고개를 끄덕였다.

"뭐로 먹을래? 자장면? 아니면 짬뽕?"

그러나 숙희는 자장면이고 짬뽕이고 간에 태어나서 한 번도 중국집에 와 본 적도 먹어본 적도 없었다. 그래서 선뜻 뭘 먹겠다고 대답을 하지 못하고 있었다. 그걸 눈치라도 챈 듯 동진은,

　　"아줌마 여기 자장면 2개 줘요."

라며 자장면을 시키고 나서 숙희를 쳐다보며 물었다.

　　"야, 니네 집이 무슨 동네인지 몰라?"

　　"네."

　　"그럼 친척집도 없어?"

　　"네."

　　"그럼 밥 먹고 요 밑에 있는 종로경찰서로 데려다 줄까?"

　　"나 경찰서는 안 갈라요."

하면서 다시 숙희는 울음을 터트렸다.

　　그러는 순간 자장면이 나왔고, 동진이 숙희에게 자장면을 먹으라고 젓가락을 주었으나 숙희는 젓가락만 받아들고 멍하니 앉아 있었다. 동진은 자기 앞에 놓인 자장면을 비벼 숙희에게 주고 숙희 앞에 있는 자장면을 비벼서 먹기 시작하였다.

　　그 모습을 보고 숙희도 자장면을 먹기 시작하였는데 난생 처음 먹어보는 자장면이 너무 맛이 있었다. 자장면을 먹으면서 동진은 어떻게 해야 하나 고민을 하고 있었다.

　　'그래 할 수 없다, 그냥 자취집으로 데리고 가는 수밖에. 그런데 저애의 식구들을 어떻게 찾아주지 참 걱정이 되네.' 라고

혼자 생각을 하고 있었다.

동진이 살고 있는 자취집은 장충동에 있었고, 을지로5가에 있는 스테인리스 공장에 나가 일을 하고 있었다. 스테인리스 공장에서는 한 달에 첫째 일요일과 셋째 일요일 두 번을 쉬는데 그날이 셋째 일요일이라서 동물원 구경을 갔다가 숙희를 만나게 된 것이었다.

동진은 숙희를 자취집으로 데리고 와서 이불을 깔아주면서 자라고 하였으나 숙희는 좀처럼 자려고 하지 않았다. 그러나 내일 아침에 출근을 해야 하는 동진은 방 한구석에 누워 잠을 청하기 시작했다.

아침이 되자 동진은 숙희가 자고 있는 모습을 보고 조용히 일어나 출근을 했고, 숙희는 오후 1시가 되어서야 자리에서 일어났다. 자리에서 일어난 숙희는 몹시 배가 고파 부엌에 나가 밥솥을 열어보니 다행히 밥 한 그릇 정도가 있었다.

숙희는 밥을 먹고 밖으로 나가 봤지만 너무 생소한 주위 환경에 더 이상 나갈 용기가 없어 그냥 집으로 들어왔다. 숙희는 무척 따분하고 집 생각이 간절했지만 숙희가 할 수 있는 일이 아무것도 없었다.

저녁때가 되어 숙희는 지저분하게 널려 있는 방을 치우고 걸레를 빨아 방 구석구석을 청소하기 시작했다.

저녁 7시쯤 동진이 들어와 숙희에게 밥 먹으로 나가자고 했다. 숙희가 물었다.

"밥을 어디로 먹으로 간다요?" 하자

"그야 식당으로 가는 거지."

라고 대답했다.

"아니 집에서 해먹어야지 왜 밥을 식당에서 사먹어라우?"

"음, 반찬도 없고 해서."

"쌀만 있으면 되지 반찬 없어도 돼양게 그냥 집에서 밥 해먹어요."

하며 숙희는 그릇에 쌀을 퍼서 씻기 시작하였다. 그 모습을 보며 동진은 밖으로 나가 콩나물과 아보레기를 사서 들고 들어왔다.

그렇게 저녁을 해 단 둘이서 맛있게 저녁을 먹었다. 동진도 시골에서 돈을 벌어 보겠다고 서울로 올라와 혼자서 외로운 자취생활을 하고 있던 터라 오랜만에 가족애를 느끼고 있었다.

동진은 새 동생이 하나 생겼다고 생각하고 동생에게 잘 해줘야겠다고 마음속으로 다짐을 했다. 그러나 한참 젊은 나이에 여자를 한방에 두고 아무렇지도 않게 보내기란 정말 힘이 들었다. 이제 막 사춘기를 겪고 있던 숙희도 마찬가지였다.

어릴 때부터 집에서 오빠가 둘이나 있어 같이 살았지만 동진에게 느끼는 감정은 오빠와는 전연 달랐다. 동진이 출근하고 없으면 괜히 보고 싶고, 퇴근을 해서 집에 있으면 가슴이 떨려오고 얼굴이 붉어졌지만 그래도 마냥 같이 있고 싶었다. 그러면서 숙희는 그리운 집 생각을 잊어가고 있었다.

그렇게 생활한지 한 달, 둘은 자연스럽게 한 몸이 되었고 서로 사랑하는 연인으로 발전을 하여 6개월이 지나자 숙희의 몸에 이상이 오기 시작하였다. 평소와는 다르게 숙희가 밥을 못 먹고 심한 입덧을 했던 것이었다.

동진은 미처 생각지 못했던 일이라 한편으로는 당황하고 있었지만 또 다른 한편으로는 기분이 좋았다. 그래서 고향에 계시는 부모님께 편지를 써 숙희와 같이 살고 있는 것과 숙희의 임신 사실을 말씀 드렸다.

동진의 뜻밖의 편지를 받은 동진어머님이 만사를 제쳐놓고 올라 오셨다. 동진 어머니는 숙희를 보자 깜짝 놀랐다. 그것은 숙희가 너무 어렸기 때문이었다.

"아니 너는 저렇게 어린 애를 어디서 데려 왔냐? 내 눈에는 아직 애기다 애기."

하면서 혀를 끌끌 차셨다.

"아기야! 너 시방 몇 살이다냐?"

"18살이여유."

숙희는 기어들어가는 목소리로 겨우 대답만 하고 고개를 푹 숙였다.

"뭣이라고 열 야달 살이라고 오매 느그 부모님이 뭐라고 안

하드냐?"

"저 어머니 그게 아니고요."

하면서 동진이 지난 일들을 모두 엄마에게 이야기 해 줬다. 이야기를 다 듣고 난 동진 어머니는 깜짝 놀라면서,

"야! 그러믄 저애 집에서는 저애를 얼마나 기다리면서 속앓이를 하것냐, 빨리 집부터 찾아 줘야제, 오매 세상에 이런 일도 다 있다냐."

하며 숙희를 돌아보고,

"아가, 너 살던 곳이 전연 생각이 안 나냐?"

하고 물었고, 그 말을 듣고 눈동자를 요리 굴리고 저리 굴리던 숙희가 문득 생각 난 듯,

"부천에 여우고개요."

라고 대답했다.

"뭣이야! 부천에 여우고개라고? 아야 동진아! 부천에 여우고개라는 곳이 있기는 있냐?"

하고 물었다. 그러나 동진도 부천이 있는 줄은 알고 있으나 가보지는 않아 여우고개가 있는지 없는지는 몰랐다.

"저도 잘 모르겠는데요."

"그러믄 낼이라도 둘이서 부천을 찾아가 봐라, 여우고개가 있는지 없는지 둘이 가서 찾아보고 와."

하며 재촉을 하였다.

동진도 부천 여우고개에서 살았다는 이야기를 처음으로 들었지만 만약에 부천에 여우고개가 진짜 있다면 숙희네 집을 찾을 것도 같았다.

"너 왜 그동안 나하고 살면서 네가 부천 여우고개에서 살았다는 말을 단 한 번도 안한 거냐?"

하고 물으니 숙희는 고개만 숙이고 있을 뿐 아무 말이 없었다.

"그래 그럼 내일 우리 같이 부천으로 한번 찾아가 보자."

하며 숙희의 눈치를 살폈으나 숙희는 좋다 싫다는 말을 하지 않고 고개를 숙인 채 그냥 앉아 있었다.

이튿날 아침, 동진과 숙희는 아침을 일찍 먹고 부천으로 떠났다. 서울역으로 가서 서울역에서 인천으로 가는 기차를 타고 부천역에서 내려 역 앞으로 나갔다. 역 앞에는 구두를 닦아주는 아저씨가 얼굴에 구두약을 까맣게 묻힌 채 구두를 열심히 닦고 있었다.

동진이 다가가서

"저~ 아저씨 여기 여우고개를 어디로 가나요?"

하고 묻자 아저씨는 동진을 한 번 쓱 쳐다보더니,

"저 큰길 건너서 좀 가다가 우측으로 꺾어 쭉 올라가면 고개가 나오는데 그 고개가 여우고개라고 해요."

라고 알려준 뒤 여전히 구두에 침을 발라가며 열심히 닦고 있었다.

동진과 숙희는 그가 손가락으로 가르쳐 주는 방향으로 큰길을 건너서 올라갔다. 얼마를 가자 우측으로 언덕이 보이고 그 길이 좁기는 했지만 제법 넓고 긴 고갯길로 접어들었다.

고개를 올라가면서 보니 고개 왼쪽은 산이고, 오른쪽은 큰 마을이 있었다. 동진은 숙희를 쳐다보며,

"뭐 생각나는 곳 없어?"

하고 물으니 숙희는 고개를 설래 설래 흔들면서,

"전연 모르는 곳이랑께요."

하면서 기억을 되살려 주위를 열심히 살폈다.

동진과 숙희는 서로 손을 잡고 위로 위로 올라가면서 주위를 살피고 있는데 정상을 얼마 안 남겨 놓고 숙희가 갑자기 가던 걸음을 멈춰서더니 골목 끝에 있는 파란 대문을 유심히 쳐다보며 서 있었다.

동진이 숙희의 얼굴을 살펴보니 숙희의 얼굴은 벌겋게 상기되어 있었으며 두 눈에는 눈물이 글썽이고 있었다. 동진은 직감적으로 파란 대문이 숙희가 살던 집이라는 걸 알 수 있었다.

그 자리에서 꼼짝도 않고 서서 눈물만 흘리고 서 있는 숙희의 팔을 잡아끌며 파란 대문을 열고 들어갔다.

"계세요? 누구 안계세요?"

하며 동진이 안으로 들어서는데 인기척을 느끼고 맨 먼저 문을 열고 나온 사람은 언니 지수였다.

언니는 동진을 보고 뭣 때문이냐고 물으려다가 뒤따라 들어오는 숙희의 모습을 보자 그만 그 자리에서 정전이라도 된 것처럼 멈춰 섰다가 달려가 숙희를 끓어 안고 엉엉 울기 시작하였다.

방안에서 울음소리를 들었는지 아빠와 엄마도 밖을 내다보다가 숙희와 지수가 서로 부둥켜안고 울고 있는 것을 보고 밖으로 나왔다.

"어디 갔다가 이제 오냐? 내 딸 내 새끼야! 오매오매 이것이 뭔 일이라냐."

하면서 엄마가 달려들어 숙희를 안고 울었고, 아빠는 마루에서서 그 모습을 바라보며 눈물을 닦아내고 있었다.

오랜만에 식구들의 만남으로 인해 울음바다로 변하자 동진은 머쓱해져서 한쪽으로 가서 그들의 모습을 바라보고만 있었다.

"언니, 왜 나를 띠어 놓고 가버렸어~ 어 엉 엉 엉!"

숙희의 절규였다.

"미안해, 미안해! 내가 잘못 했어. 널 찾으려고 그날 온 집안 식구들이 얼마나 헤맸는지 아냐? 너 한데 내가 죄인이여, 미안해. 흑흑흑!"

얼마나 울었을까, 먼저 엄마가 숙희의 모습을 요리조리 살펴보며,

"어디 아픈 데는 없냐?"

하고 물었다.

"야! 없어라우."

그러는 순간 한쪽에 서 있는 동진을 발견하고는,

"저 사람은 누구냐?"

하고 물었다. 숙희는 얼른 대답을 못하고 있다가,

"그날 나를 구해준 사람이여유."

라고 대답했다.

숙희는 마루에 서 계시는 아빠를 바라보며 달려가서 인사를 하고 동진을 불러 아빠에게 인사를 시켰다.

"동진 씨! 울 아빠예요 인사드려요. 그리고 엄마, 내가 항상 이야기했던 지수언니."

하며 숙희는 다시 목이 메는지 손으로 눈물을 닦아 내며 떨리는 소리로 식구들을 소개하고 있었다.

오랜만에 만난 식구들은 손을 잡은 채 모두 방안으로 들어갔고 동진도 따라 들어갔다.

"지수야! 빨리 밥 혀라, 내 새끼 얼마나 배가 고프겠냐."

엄마는 숙희 손을 잡고 지수를 쳐다보며 말을 했다. 그러나 지수는 지금 밥을 할 기분이 아니었다.

그동안 숙희에게 죄스런 마음에 남몰래 얼마나 울고 또 울었던가. 그래서 시간만 나면 혼자서 차를 타고 창경원으로 가서 숙희 이름을 부르며 마치 미친 여자처럼 헤매다가 밤늦게 돌아오곤 했던 날이 하루 이틀이 아니었다.

사실 지수와 숙희는 세 살 차이밖에 안 나지만 그동안 숙희의 보호자 역할을 하며 학교에서나 집에서 숙희를 보호했으며, 숙희도 엄마보다 더 지수를 따랐던 것이다.

그런데 지수는 동진의 존재가 궁금했고, 맨 처음 숙희를 발견하고 달려갈 때 숙희의 행동이 어딘가 부자연스럽다는 것을 느끼고 있으면서도 설마하니 무슨 일이 있겠나 하며 애써 표현을 안 하고 있었다.

"그래 너거 그때 언니 손을 놓치고 어디로 가서 그렇게 찾았는데 못 찾았냐? 말 좀 해 봐라."

엄마가 자리를 잡고 앉자 숙희에게 물었다. 숙희는 그동안에 있었던 일을 모두 이야기 하고 지금 현재 동진과 같이 살고 있다는 말을 했다.

숙희의 말을 들은 식구들은 모두 깜짝 놀라며 동진을 쳐다보며 따지듯 물었다.

"아니 애를 그렇게 데려갔으면 경찰서나 파출로 데려다 줘야지 이 무슨 경우 없는 짓이오."

지수의 말이었다.

"저도 종로경찰서로 데려다 줄려고 했는데 숙희가 죽어도 경찰서는 안 가겠다고 해서 못 갔습니다."

"그럼, 숙희한테 물어서 진작 집에 데려다 줘야지 왜 이제야 오는 겁니까?"

"숙희에게 아무리 사는 동네를 물어봐도 사는 곳을 모르겠다고 해서 이제야 찾아왔어요."

"아니 그럼 지금은 어떻게 찾아왔나요?"

"어제 처음으로 부천에 여우고개란 말을 했어요. 그래서 한번 찾아본다고 왔는데, 아침부터 찾아 헤매다가 이제야 찾은 거예요."

"그럼 이 어린 것하고 살림을 차려 같이 산다는 말이여요 시방!"

엄마의 다급한 물음이었다.

"네~!"

지수가 숙희와 동진의 눈치를 보며,

"숙희야, 너 혹시 임신했냐?"

하고 물었고, 숙희는 언니의 말에 대답을 못하고 울고만 있었다.

"뭐여 시방 뭐라고 했냐? 이 임신을 했다고?"

엄마는 거의 비명을 질렀고 지금까지 한쪽에 가만히 앉아 계시던 아빠가 방바닥을 손으로 내리치시며,

"아이고 불쌍한 새끼 이 일을 어쩐다냐?"

하시며 문을 박차고 밖으로 나가 버리셨고 방안의 식구들은

서로 끌어안고 다시 울음바다가 되었다.

숙희가 옛날 생각을 하며 앉아 있다가 문득 정신을 차리고 주위를 살펴봤다. 시간은 벌써 새벽 1시를 넘어가고 있었지만 숙희는 잠잘 생각마저 잊어버린 양, 그렇게 가로등 불만 하염없이 쳐다보고 있었다.

'차라리 나도 인간이 아니고 저 나방이나 모기로 태어났다면, 비록 불빛을 쫓아 밤마다 헤매고 있지만 지금의 자기 신세보다는 차라리 나방의 신세가 훨씬 편하고 행복할 것 같아 얼마나 좋을까."
라는 엉뚱한 상상도 해 보았다.

이 산속에 갇혀서 자기 맘대로 단 할 발짝도 움직일 수 없는 청승맞고 가련한 신세, 숙희는 혼자서 울다가 말고 가로등을 또 쳐다보며 나방하고 이야기를 하며 이 밤을 지새우고 있었다.

시간이 얼마나 지났을까 저 멀리서 첫닭 울음소리가 들렸다. 숙희는 닭 우는 소리에 정신을 차려 시계를 보니 어느새 새벽 4시가 넘어가고 있었다.

숙희는 자리에서 일어나 궁둥이에 묻은 흙을 손으로 툭툭 털어 냈다. 다리도 저리고 허리가 아파서 일어나는 모습이 몹시 힘겨워 보였다. 겨우 현관문을 열고 안으로 들어가 안방을 들여다보니 동진이 코를 "드르렁 드르렁" 골면서 세상모르고 자고 있었다.

숙희는 소파로 가서 몸을 누이면서 다시 서글픔을 느꼈다.

"도저히 이대로 더는 살 수 없어."

하며 입술을 깨물었다.

날이 밝으면 이곳을 떠나리라고 생각을 하며 아주 늦은 잠을 청했다. 숙희가 잠이 들자 동진이 자리에서 일어나 소파에 잠들어 있는 숙희의 모습을 한번 힐끗 쳐다본 다음 현관문을 열고 밖으로 나갔다. 벌써 아침 해가 중천에 차 있었다.

동진이 밖에 나와 보니 우사에는 인기척이라곤 없어, 철호가 있는 방으로 가서 문을 열어 보니 철호는 세상모르고 퍼질러 자고 있었다.

동진은 화가 나서 문을 "꽝~" 하고 세차게 닫고서 사료 통으로 가서 리어카에 사료를 가득 싣고 한 줄 한 줄 사료를 주기 시작하였다.

사료를 다 준 동진은 오늘 도축할 소를 2마리 골라 트럭에 싣고 농장을 나섰다. 어젯밤에 마신 술이 아직 완전히 안 깨었는지 뒷머리를 만지며 고개를 흔들면서 운전을 하고 나갔다.

동진이 농장을 떠나고 얼마나 지났을까 숙희가 일어났다. 숙희가 안방을 보니 동진이 없었다. 밖으로 나와 봐도 동진의 모습이 안 보이자 이번에는 철호가 있는 방으로 가서 문을 열어보니 철호는 아직도 자고 있었다.

숙희가 시간을 보니 오전 11시가 넘어가고 있었다. 숙희는 오늘이 며칠인가를 손가락으로 꼽아보니 10월 14일 수요일이었다.

숙희는 현관으로 들어가 책상 서랍을 열고 장부를 정리하였다. 장부 정리를 한 다음 통장을 장부 밑에다 넣고 고기 판매한 돈을 잘 추려서 장부 사이에 끼워 넣었다.

통장은 모두 숙희 앞으로 개설된 통장이지만 숙희는 거기에 들어있는 돈에 손댈 생각은 추호도 없었다.

돈 정리가 끝나자 숙희는 안방으로 가서 외출복으로 갈아입었다. 그리고 그동안 어느 누구도 모르게 모아 두었던 비자금 통장을 핸드백 밑창에 접어 넣었다. 통장의 금액은 31,200,000원으로 나와 있었다.

그리고 화장대 거울 앞에 있는 화장품 몇 가지를 핸드백에 넣고 현금을 확인해 보니 핸드백에는 천 원짜리 몇 장밖에 없었다. 숙희는 다시 서랍을 열고 장부에 끼워둔 돈 다발에서 1만 원짜리 20매를 세어 핸드백에 넣으려다가 바지 뒷주머니에 넣었다.

마지막으로 현관문 앞에서 거울을 한번 보고 머리를 손으로 쓸어 올리며 구두를 신고 밖으로 나왔다.

숙희가 밖으로 나오자 개들이 꼬리를 흔들며 반기는 것을 보고 개 사료를 퍼서 두 마리에게 나눠주고 물도 새로 떠다가 줬다. 그리고 숙희가 배달을 하거나 외출할 때 쓰는 무소 차에 올라 시동을 걸었다.

무소 차의 시동 걸리는 소리를 듣고 철호가 자리에서 벌떡 일어나더니 밖으로 뛰쳐나오며 소리를 질렀다.

"누님! 지금 어디를 가요?"

하며 뛰어와 차 문을 열었다.

숙희는 차를 출발시키려다 말고 철호를 보자 애절한 말투로 부탁을 했다.

"나 지금 너무 힘들어서 안성에 있는 언니 집에 가서 며칠 쉬었다가 올 테니까 사장님 말 잘 듣고 일 열심히 하고 있어요."

말을 마치자 차를 출발시키려고 했다. 그러나 철호는 숙희가 집을 나가려고 한다는 것을 직감으로 알았을까

"저 여기서 잠시만 기다려요."

하며 뛰어가더니 자기가 처음 올 때 가지고 왔던 가방을 어깨에 메고 빨랫줄에 널어놓은 빨간 추리닝을 걷어 손에 감고 차에 급하게 올라탔다.

"철호 씨! 철호 씨는 여기 남아 있어야 한다니까요."

"누님이 없는 이곳에 내가 남아서 뭘 도와주라는 거요."

숙희는 순간적으로 판단하기를 기차역까지 가면서 설득을 시켜 들어오면서 차를 가지고 오게 하면 되겠구나 하고 차를 출발시켰다.

구산에서 안성을 가려면 함평을 지나 학교역까지 가서 서울행 기차를 타고 수원역에서 내려야 했다.

　　"철호 씨! 내가 언니네 가서 좀 쉬었다가 와서 돈 800만 원 해 줄게. 그렇게 알고 열심히 하고 있어."

　　"아냐, 난 더 이상 이런 곳에서 있을 수가 없어. 그리고 이제부터는 돈 800만 원에 관심도 없고."

하면서 숙희 옆에 올라타더니 배낭을 뒷자리에 던져 넣었다.

　　숙희는 농장을 내려오면서 철호에게 애원하듯 다시 부탁을 했다.

　　"기차역에 도착하면 이 차 가지고 올라가, 내 며칠 있다가 올게."

　　"나도 더 이상 여기 못 있겠다고 했잖아!"

　　둘은 나가다 말고 동네 어귀 다리 위에 차를 멈추고 옥신각신 하고 있었다. 그러는 사이 숙희의 전화벨이 울렸다.

　　"여보세요, 누구세여."

　　"……"

　　"아! 택시 기사 분! 네, 돈 아직 못 부쳤어요."

　　"……"

　　"알았어요, 금방 부쳐 드릴게요."

　　"철호 씨 어제 전화를 운전기사거로 했구나?"

하고 묻자 철호는 그제서야 생각이 났는지

"아니 어제 택시비 안 줬어요?"
하고 정색을 했다.
"사장님이 하도 소리를 지르며 못주게 해서 못 줬잖어. 빨리
부쳐줘야 되는디."
하며 숙희는 차를 몰고 나비의 고장, 함평읍을 지나 학교역에
도착하였다.
"내가 갔다 오면 꼭 800만 원 해 줄 테니 빨리 올라가서 밥부
터 먹어."
하며 차 키를 빼서 철호에게 건네주었다. 그리고 역 안으로 들
어가 수원까지 표를 끊어 차에 올랐다.

천사의 눈물

07

가출인가? 납치인가?

07

    열차가 출발하자 숙희는 그제야 안도의 한숨을 쉬며 창밖을 내다봤다. 날씨는 화창했으며 더위는 여전히 기승을 부리고 있었다.

    숙희는 지난 짧은 며칠간에 겪었던 일들을 생각하며 차창에 머리를 기대고 눈을 감았다. 철호와의 첫 사고의 그날을 생각하자 아직도 그날의 그 순간이 불안으로 다가오는지 몸을 부르르 떨었다.

    숙희는 악몽 같은 순간을 잊어버리려고 고개를 저으며 눈을 떴는데 뜻밖에도 저만치서 철호가 숙희를 보며 웃고 서 있는 것이 아닌가. 숙희는 순간적으로 깜짝 놀라 눈을 동그랗게 뜨고 철호를 쳐다봤다. 눈을 감았다가 다시 봐도 앞에 서 있는 사람은 철호가 분명했다.

    숙희는 얼굴이 상기되며 가슴이 떨려오기 시작했다. 철호도 숙희와 눈이 마주치자 천천히 걸어서 숙희 옆으로 와서 앉았다.

"왜? 왜 온 거야?"

"나 혼자 안 간다고 했잖아."

"그럼 차는?"

"역 주차장에 세워뒀어."

"어머! 그럼 차 키는?"

"그냥 차에 꽂아 놨어."

"어머! 그럼 누가 차 끌고 가면 어쩌려고?"

"아니 지금 도망가는 놈이 차 걱정하게 생겼어요."

"도망은 누가 도망을 가 일주일만 쉬었다 온다니까."

"나는 정 사장 그런 개새끼하고는 단 하루도 더 일 못해."

"아휴! 미쳤어! 미쳤어!"

하며 숙희는 주머니에서 핸드폰을 꺼내 동진에게 전화를 걸었다.

"여보! 당분간 나 찾지 마세요. 차는 학교역 앞 주차장에 세워 뒀어요."

말하고는 전화를 그냥 끊었다.

동진은 갑자기 그런 전화를 받고는 영문을 몰라 "여보세요, 여보세요."라고 다급하게 불러봤지만 전화는 이미 끊긴 다음이었다.

동진은 순간적으로 화가 났지만 불안한 생각이 더 강했다. 동진은 도축한 소를 싣고 바로 학교역 앞으로 가 보았다. 주차장에는 평소에 숙희가 타고 다니던 무소 차가 주차되어 있었다.

동진은 차 옆으로 가서 손잡이를 잡고 문을 열어 보았다. 차 문이 열리고 열쇠가 그대로 꼽혀 있었다. 동진은 차키를 빼고 문을 잠갔다. 그리고 전화를 꺼내 숙희한테 전화를 해 보았다. 그러나 숙희의 전화는 꺼져 있었다.

"이 씹헐 년이 또 뭐 하자는 거야."

속으로 중얼거리며 화물차를 몰고 농장으로 올라와 혹시나 하고 두리번거리며 찾아보았으나 농장 안에는 숙희의 모습도 철호의 모습도 찾을 길이 없었다.

동진은 현관문을 열고 들어가 책상 서랍을 열어 보았다. 서랍 안에는 평소에 아무렇게나 흐트러져 있던 돈이며 통장 장부까지 가지런하게 잘 정돈이 되어 있었다.

동진은 먼저 현금을 살펴보았다. 만 원짜리, 오천 원짜리, 천 원짜리까지 잘 정돈이 되어 있고 평소에 거래하는 농협통장과 국민은행 통장들이 그대로 장부 안에 끼어 있었다.

동진은 철호의 방으로 달려가 방문을 열어 보았다. 옷이랑 양말이랑 작업복까지 하나도 보이지 않았다.

그는 차로 가서 고기를 일단 내려서 냉장고 안에 걸어 넣어 놓고 머리를 극적이며 걸어서 산을 내려갔다. 역전으로 가서 차를 가지고 오려면 그냥 차 없이 가야 했다.

동진이 산을 내려와 큰길을 한참 걷고 있는데 저 앞에서 과수원댁 주인아저씨가 경운기를 몰고 가고 있었다. 동진은 있는 힘을 다해 달려가 경운기에 올라탔다.

"아이고 힘들다, 어디를 가세요?"

"아니 정 사장은 차도 없이 어디를 가는디 그려."

"학교역에 좀 갑니다."

"아니 그 먼 곳까지 어떻게 걸어간다고 그랴?"

"가다가 버스가 오면 타고 가야죠."

"아니 학교역에는 왜 갈려고 그랴?"

"예, 집사람이 차를 역에 대놓고 수원 처형네 갔어요."

"아 아께 내가 이쪽으로 올 때 아줌씨를 봤는데 혼자가 아니고 둘이 차에 탔던디."

"그래요, 그때가 몇 시쯤인가요?"

"가만 있자 그때가 한 11시쯤 되았지 아마!"

"옆에 탄 사람이 남자였는디 얼굴은 자세히 못 봤어."

"아마 우리 집 일꾼일 겁니다."

동진이 말은 그렇게 했지만 가슴속에서는 불꽃이 활활 타고 있었다.

"이 씹할 년, 놈 둘이서 같이 줄행랑을 쳤다 이 말이지, 어디 한번 두고 보자."

하며 이를 부드득 갈았다.

동진은 함평읍을 한참 남겨놓고 경운기에서 내렸다. 과수원 주인집이 다 왔기 때문이다. 동진은 걸어가면서 전화를 꺼내 숙희에게 걸어봤지만 숙희의 전화는 여전히 꺼져 있었다.

동진이 함평에 도착하자 평소 잘 아는 술집으로 먼저 들어가서 소주를 냉장고에서 꺼내 벌컥벌컥 들이마셨다. 그걸 본 술집 주모가 한마디 했다.

"왔다매! 정 사장님이 뭔 답답한 일이 있어갔고 이렇게 대낮부터 소주 나발을 불어 분다요, 오메 징그라운 거."

하며 인상을 써대었다.

동진은 소주 두 병을 안주도 없이 나발을 불고난 후 택시를 타고 학교역으로 가서 차를 몰고 들어왔다.

한편 숙희는 열차가 수원역에 가까워지자 차에서 내릴 준비를 하고 있었다. 숙희가 짐을 챙기자 옆자리에 앉아 있던 철호가 무슨 꿍꿍인지 자기도 일어나 숙희 옆에 바짝 붙어 서 있었다.

숙희가 철호의 얼굴을 쳐다보며 물었다.

"철호 씨는 어디로 가요, 난 수원에서 내릴 건데."

"수원으로 가지 말고 용산역으로 가요."

"내가 용산역은 뭐 하러 가요, 지금 같이 나온 것도 오해를 살만한 일인디, 시방 같이 있는 줄 알면 생난리가 나요."

하며 열차가 역에 서자 숙희는 내리려고 하였고 그러는 숙희의 앞을 가로 막고 철호는 숙희의 가방을 낚아채서 빼앗아 버렸다.

"아니 미쳤어 빨리 내 놔, 열차 출발하고 있잖아."

"못줘! 내가 그냥 곱게 돌려보낼 것 같아?"

하며 가방을 가지고 안으로 들어갔다. 가방 안에 돈이 한두 푼 들어 있어야 줘버리고 내릴 수 있지만 숙희는 그럴 수도 없었다.

숙희가 철호와 그렇게 실랑이를 하고 있는 사이 열차는 수원역을 출발하였다. 숙희는 가방을 뺏어 다음 역에서 내리려고 하였으나 결국은 철호를 따라 서울역까지 올라오게 되었다.

철호는 수중에 돈이 한 푼도 없어 숙희가 가지고 있는 돈을 빼앗아 쓰려고 핸드백을 뒤져 봤지만 숙희의 핸드백에는 천 원짜리 몇 장만 달랑 자리를 차지하고 있었다.

"누님! 돈은 얼마나 가지고 나왔어?"

"돈은 무슨 돈 언니네 가는 차비만 있으면 될 것 같아 돈 한 푼 안가지고 그냥 나왔어."

하며 시치미를 뚝 뗐다.

숙희가 핸드백 바닥에 통장을 감춰 놓은 것이 얼마나 다행스런 일인지 몰랐다. 숙희는 돈 서랍에서 가지고 온 돈 20만 원은 기차표를 끊고 나머지 돈은 청바지 뒷주머니에 넣고 있었기 때문에 철호가 눈치를 채지 못했다.

철호는 숙희가 돈을 하나도 안 가져 나왔다는데 상당히 당황하고 있었다. 그래서 서울역에서 내린 철호는 우선 갈 곳을 확실하게 정하지 못했다. 처음에는 용산으로 가자고 했다가 이번에는 구리로 가자고 했다.

철호는 우선 돈을 좀 구하려고 구리에 있는 친구를 생각하며 구리 쪽으로 방향을 잡았다. 구리에는 철호와 친한 박지호가 장사를 하고 있었다.

서울역에서 지하철을 타고 청량리역에서 내려 역 앞 구내식당에서 국수를 한 그릇씩 먹고 다시 전철을 타고 구리역으로 왔다. 구리를 갈려면 어차피 전철에서 내려 밖으로 나와 다른 전철을 타야만 했다. 청량리 역사는 새로 짓느라고 상당히 복잡했다.

전철로 구리에 온 철호는 숙희의 전화로 친구 지호에게 전화를 걸었다. 그런데 그날따라 지호는 딸애가 아파 구리 한양대병원에 입원해 있다가 정밀검사를 받기위해 서울 한양대병원으로 가 있었다.

"애가 아픈데 왜 서울에까지 가서 입원시킨 거냐?"

"응 처음엔 구리 한대병원에 입원해 있는데 정밀검사 기계가 서울 한대병원에 있어서 오늘 아침에 이리 왔어."

"그럼 장사는 누가 하냐?"

"애가 지금 죽네 사네 하는데 가게가 문제냐?"

"그럼 구리에는 언제 오냐?"

"응 검사하는 것 보고 끝나야 가지, 한 내일이나 모레쯤."

"나 지금 구리에 와 있거든."

"야~ 지금까지 몇 년 동안 전화 한 통 없더니 갑자기 웬일이냐, 구리를 다 찾아오고."

"그래, 니 얼굴이 그리워 찾아온 건데 어쩔 수 없지 뭐."

하고 철호는 전화를 끊었다.

오후 6시, 한여름 날의 6시면 해가 아직 중천에 떠 있고 잠자리를 찾아가기에는 아직 이른 시간이었다. 그러나 철호는 딱히 갈 곳도 없고 할 일도 없었다.

철호는 숙희 손을 잡아끌고 굴다리 사거리 옆 골목길로 좀 올라가서 한 모텔로 들어갔다.

"숙박비가 얼마여요?"

"쉬었다 가시는 거죠?"

"아니요, 여기에서 잘 건데요."

"40,000원입니다."

"저 지금은 돈이 없고 내일 친구가 오면 계산해 드릴 테니 우선 들어가면 안돼요?"

"그건 안 됩니다."

철호는 숙희의 얼굴을 한번 쳐다보더니 좀 망설이다가 손목시계를 풀어 모텔 주인에게 건넸다.

"이거 우선 맞기면 되지요?"

카운터를 보고 있던 여자가 고개를 살짝 내밀고 옆에 서 있는 숙희를 쳐다보더니 시계를 받았다. 순간 숙희는 고개를 깊숙이 숙였다.

"303호로 가세요."

하며 방 키와 칫솔과 면도기 등을 건네 줬다.

숙희는 뒷주머니에서 돈 40,000원을 꺼내서 아줌마에게 주며 시계를 돌려받았다.

철호는 무안했는지 얼굴을 붉히며 숙희를 붙잡고 승강기 옆으로 가서 섰으며 여전히 숙희의 핸드백은 어깨에 메고 있었다. 혹시 숙희가 도망이라도 가버릴까 봐 핸드백을 숙희에게 주지 않고 철호가 메고 있는 것 같았다.

숙희는 그때 카운터 아줌마에게 구원요청을 할까 하며 망설이다가 그냥 꾹 참았다. 숙희는 그 순간 철호가 "애들을 찾아가 죽이겠다"라고 한 말이 생각나서 겁이 좀 났던 것이다.

한편 구산에서는 동진이 술에 잔뜩 취해 농장으로 올라와 안산에 있는 처형네 집으로 전화를 걸었다. 그러나 그 시간에는 처형네 부부와 시누이네 부부 이렇게 넷이서 강원도로 여행을 하고 있는 중이었다.

처형이 전화를 받지 않자 동진은 처형이 숙희가 거기 온 걸 숨기려고 일부러 전화를 안 받는 걸로 오해를 하고 있었다. 그래서 동진은 동대문 시장에서 등산용품 가게를 하고 있는 손위의 처남 김삼기에게 전화를 했다.

"따르릉, 따르릉, 여보세요, 등산용품 가게입니다."

"저~ 김삼기 씨 좀 부탁합니다."

"제가 김삼기인데 왜 그러시죠?"

"나 함평에 사는 성현 아빤데요, 성현 엄마 거기 안 왔지유?"

"그래~ 성현 아빠야? 아니 성현 엄마가 어디를 갔어?"

"오늘 아침에 일꾼 놈하고 도망을 갔다니께유."

"뭐? 성현 아빠! 자세히 이야기 해봐. 성현 엄마가 지금 어디를 갔다고?"

동진은 술을 얼마나 마셨는지 혀가 꼬부라져 말소리를 잘 알아들을 수가 없었다.

"야 이 사람아! 성현 어미가 그럴 리 있어?"

"아니유, 정말 둘이 눈이 맞아 도망을 갔다니께유."

"야, 정동진! 너 지금 무슨 헛소리를 하는 거야, 낮술 처먹었으면 잠이나 처자 이 사람아."

"진짜라니까요, 동네 사람들도 다 봤다니까유."

"아니 이 사람이 대낮부터 술을 처먹고 정신이 완전히 돌아버렸구만, 야 이 사람아 헛소리 그만하고 전화 끊어 이 사람아."

하고 전화를 끊어버렸다.

"여보세유! 여보세유! 어~ 전화를 끊어 버렸네."

동진은 다시 전화메모 수첩을 뒤져 이번에는 딸 성현에게 전화를 걸었다.

"성현아! 엄마 거기에 왔니?"

하고 묻자 성현은 깜짝 놀라며,

"아빠! 엄마가 서울 올라오셨어요?"

하고 물었다.

"성현아, 지금 큰일 났다. 엄마가 일꾼 놈하고 도망을 갔다."

"아빠! 지금 무슨 말씀을 하시는 거여요?"

"느그 엄마가 집을 나갔다니께."

"아빠! 엄마가 그러실 리가 있어요?"

"글쎄다 나도 느그 엄마가 왜 그랬는지 모르겠다."

"아빠! 아빠가 뭐를 잘못 아시고 오해를 하고 계신 건 아닌 가요?"

"그래, 나도 시방 오해 했으면 얼매나 좋겠냐."

"아빠 술 많이 마셨지요?"

"그래 답답해서 좀 먹어 부렀다."

"아빠가 술 마시고 잘 모르고 하시는 말씀이잖아요?"

성현은 아빠의 말을 도저히 믿을 수도 없고 있어서도 안 되는 일이라고 생각하였다.

"그래, 혹시 니 엄마한테 연락 오면 아빠한테 전화해라."

하고 전화를 끊는 동진은 술이 취한 탓도 있겠지만 기운이 하나도 없어 보였다.

성현은 아빠의 전화를 끊고 불안도 했지만 평소의 엄마 생활을 잘 알기에 엄마가 불쌍하기도 했다. 평소에는 그러지 않다가 술만 먹었다 하면 엄마한테 갖은 욕을 다하고 심지어는 손찌검까지 하는 아빠의 성격을 어린 성현으로서는 도저히 이해가 되지 않았다. 그래서 성현은 자신도 모르게 눈물이 났다.

처음에는 그냥 흐르는 눈물이었으나 설움이 점점 복받쳐 이제는 소리 내어 엉엉 울기 시작하였다. 엄마가 불쌍해서 울고, 아빠가 미워서 울었다. 또 엄마와 아빠가 무슨 일로 헤어질까 봐 불안해서 울었다.

성현이 얼마를 울다가 안산에 있는 큰 이모에게 전화를 했다. 그러나 큰 이모는 전화를 받지 않았다. 그래서 구리에 사는 둘째 이모에게 전화를 해 조금 전에 아빠와 전화 통화 내용을 이야기 했다.

둘째 이모 역시 엄마가 일꾼하고 둘이 집을 나갔다는 말을 믿으려 하지 않았다. 그건 성현 역시 마찬가지였다. 그래서 둘째 이모는 한 가지 묘안을 내 놓았다.

"성현아! 지금 아빠한테 전화해서 엄마한테 지금 전화가 왔는데 엄마가 지금 이리로 오고 있으니 걱정하지 말고 집 잘 지키고 있으라고 해."

"이모! 엄마한테 아무 연락도 없는데 어떻게 그런 거짓말을 해요?"

"야 이것아! 니 엄마하고 일꾼하고 집을 나가 같이 있는 줄 알면 니 아빠에게 니 엄마는 맞아 죽어, 그러니 엄마가 지금 너한테 오고 있다고 거짓말을 하고 다음 일을 생각해 보자."

하며 제안을 했다.

"알았어요, 이모!"

하고 성현은 전화를 끊었다.

성현은 바로 아빠에게 전화를 걸어,

"아빠! 엄마한테 지금 전화가 왔는데 엄마가 이리로 오고 계시데요, 그러니 아빠 걱정하지 말아요."

라고 했다.

그러나 동진은 딸 성현의 말을 쉽게 믿으려 하지 않았다.

"성현이 너 아빠에게 거짓말 하는 거 아니지?"

"아빠! 내가 왜 아빠한테 거짓말을 해."

"그럼 엄마가 오면 바로 아빠한테 전화를 해, 알았지?"

"네 알았어요."

하고 전화를 끊었지만 성현은 불안하고 초조했다. 그래서 엄마에게 전화를 해 봤지만 엄마의 전화는 여전히 꺼져 있었다.

그것은 둘째 이모인 지수도 마찬가지였다. 동생 숙희에게 전화를 해도 안 되자 큰언니에게 전화를 해 보니 큰언니는 강원도로 여행 중이라 했다.

지수는 언니에게 지금까지의 일들을 모두 이야기 하고 나서 모든 일을 서로 상의해서 하기로 하고 전화를 끊었다.

한편 동진은 그 시간에도 장사를 하려고 들여놓은 소주를 계속 갖다 들이마시고 거의 인사불성이 되어 있었다.

그 정신에서도 전화번호부를 뒤져 처갓집 식구 아무에게나 전화를 하여 욕질을 하고 상대방이 야단이라도 치면 총가지고 올라와 쏴 죽여 버린다고 으름장을 났다.

동진에게 그런 전화를 받은 처갓집 식구들은 동진이가 이제는 정신이 완전히 돌아버려 병원에 입원시켜야 한다고 하나같이 말하고 있었다.

성현은 그런 사태 파악을 하고서 이대로 있다가는 아빠 건강도 문제가 되지만 수백 마리의 소들이 걱정이 되어서 광주에 있는 동생에게 전화를 걸었다.

"엄마가 아빠하고 싸우고 서울로 올라와 나하고 있으며 아빠는 술이 너무 많이 취해 있어서 소여물 챙겨줄 사람이 없으니 네가 구산 농장으로 내려가 아빠와 소를 좀 보살펴줘야겠다." 라고 부탁을 했다.

철승이가 누나의 전화를 받고 구산 농장으로 가 보니 아빠는 술이 떡이 되어 응접실 소파에 누워서 자고 있고 탁자 위에는 빈소주병이 즐비하게 늘어져 있었다.

철승은 아빠를 불러 깨워 보았지만 세상모르고 자고 있어 대답도 없었고 소들은 몇 끼니를 굶었는지 사람이 나타나자 밥 달라고 발버둥을 쳤다. 철승은 사료 통에서 사료를 꺼내 소들에게 주자 소들은 정신없이 여물을 먹었다. 평소에 철승은 방학 때나 명절 때 농장 일을 거들어 줬기 때문에 농장 일에 익숙해 있었다.

한편 그 시간에 구리 모텔에 투숙했던 숙희는 철호와 옥신 각신 하고 있었다. 철호는 숙희를 그날 밤 그냥 두질 않았다. 어떻게든 숙희를 벗겨 놓고 어떻게 해보려고 안간힘을 쓰고 있었지만 숙희의 기분은 전연 그럴 기분이 아니었다.

한두 시간을 서로 실랑이 하다가 결국 숙희의 강력한 반항으로 뜻을 이루지 못한 철호는 배가 고프다며 벽에 붙어 있는 광고지를 보면서 짬뽕 한 그릇을 시켜 먹고 잠이 들었다.

철호는 잠을 자면서도 숙희가 행여 도망이라도 갈까봐 핸드백 끈을 손에 감고 있었다. 숙희가 가방끈을 살며시 빼려고 하면 도끼눈을 뜨고 쳐다봤다.

분명히 코를 고는 소리를 듣고 살며시 일어나려면 기척을 알고 눈을 뜨고 주위를 살피기도 했다.

숙희는 도농동에 사는 작은 언니에게라도 연락을 하고 싶었지만 철호가 전화를 핸드백에 넣고 손에 감고 있으니 도저히 방법이 없어 '그냥 밖으로 뛰어나가 아무나 붙들고 도움을 청해 볼까' 도 생각을 해 봤지만 그럴 용기도 나지 않았다.

숙희는 이 상황에서 빨리 벗어나고 싶었다. 철호가 요구하는 돈 800만 원만 받고 서로 아무 조건 없이 떠나겠다고만 하면 은행에 가서 돈을 찾아주고서라도 끝내고 싶었다. 그러나 만약에 숙희에게 돈이 3,000만 원이 넘는 돈이 있다는 것을 알면 철호가 그냥 떠날 놈이겠는가? 숙희는 그래서 돈 이야기를 쉽게 꺼내지 못하고 있는 것이었다.

숙희는 뒷주머니를 손으로 만지며 계산을 해 보았다. 처음 나올 때 20만 원을 가지고 나와서 기차표 사고 국수 값 내고 모텔비 냈으니 돈이 한 10만 원 정도 써진 것 같았다. 그런 저런 생각에 숙희는 밤을 꼬박 뜬눈으로 지새우고 말았다.

아침이 되자 모텔 안에서 해장국을 한 그릇씩 시켜 먹고 철호는 친구에게 다시 전화를 했다. 그러나 친구는 오늘도 검사가 안 끝나서 못 올 것만 같다고 했다.

숙희와 철호가 그러고 있는 사이에도 둘째언니 지수는 여기저기 전화를 해 숙희의 행방을 추적하는 한편, 조카 성현에게는 "아빠한테 전화 오면 무조건 엄마랑 같이 있노라"고 시켰다.

그러는 성현이도 엄마가 집을 나갔다고 아빠한테 전화를 받은 뒤로는 자취방 안에 틀어박혀 밥도 안 먹고 불안에 떨며 울고 있었다.

동진은 동진대로 술이 떡이 되어 인사불성이 되었다가 잠깐이라도 정신이 들면 성현에게 전화를 걸어 엄마를 좀 바꿔달라고 애원을 했다.

아빠가 그럴 때마다 성현은 울면서,

"엄마가 아빠 전화를 안 받으려고 해!"

라며 거짓말을 했다.

큰언니도 모든 상황을 파악하고 동진에게 전화를 해서

"숙희가 성현이와 같이 잘 있으니 제부가 농장 일이나 잘 하고 있으면 좀 쉬었다가 내려 보낼 것이니 걱정하지 말아요."

라고 안심을 시켰다.

동진은 그 정신에도 큰 처형과 둘째 처형, 딸 성현까지 똑같은 말을 하고 있으니 별다른 의심 같은 것은 하고 있지 않았다. 그러나 동진은 숙희의 목소리를 직접 듣고 싶은 마음에 성현에게 엄마를 바꿔달라고 조르는 것이었다.

철호는 모텔에서 나와 봐야 어디 가야할 곳도 없고 우선 돈도 없어 하루 더 있으면서 친구를 기다리기로 작정을 했다. 그러나 숙희는 어디 무슨 빈틈만 보이면 그곳에서 빠져나오려고 호시탐탐 기회만 노리고 있었다.

철호가 자기를 경계하지 않고 잠에 곯아떨어졌으면 좋겠는데 좀처럼 그런 기회가 오지 않고 오히려 숙희의 몸을 안고 스킨십을 하며 못살게 굴었다. 그러나 숙희는 이런 상황에서 철호와 다른 짓을 추호도 할 생각이 없었다.

그러는 사이 15일 하루도 지나가고 있었다. 모텔에서 저녁을 시켜 먹은 철호는 텔레비전을 보다가 무조건 숙희를 안고 침대에 집어던지더니 숙희의 T셔츠를 잡아 찢어버리며 옷을 벗기려 하였다. 숙희도 결사적으로 방어를 하고 있었지만 너무 무자비하게 덤비며 달려들어 도저히 감당을 할 수 없는 상황이라 숙희가 비명을 질렀다.

그러자 철호는 숙희의 뺨을 한 대 후려갈기며,

"조용히 못해 이 씹할 년, 너가 언제부터 지조를 지키는 요녀숙녀라고 지랄이냐?"

하며 덤볐고 뺨을 맞으면서 방벽에 머리를 세게 부딪친 숙희는 잠시 정신을 잃었다. 숙희가 정신을 잃었는데도 아랑곳 하지 않고 철호는 자기 옷을 다 벗더니 숙희의 바지를 벗기고 있었다.

숙희가 정신을 차리고 보니 철호가 바지를 반 정도 벗긴 상태에서 침을 흘리며 숙희의 배위에 올라타고 상의를 벗기고 있었다. 숙희가 강력하게 반항하자 이번에는 얼굴로 주먹이 날아왔다.

"억~" 숙희는 외마디 비명을 지르며 다시 정신이 몽롱함을 느꼈다. 그러나 숙희는 필사적으로 반항을 했다.

이미 서로 몇 번의 관계가 있었지만 그래도 처음 말고는 서로가 의사를 존중하면서 관계를 가졌는데 오늘은 사정이 많이 달랐다. 온갖 협박도 협박이지만 자기의 욕구를 채우려고 한낱 노리개 정도로 생각하고 덤비는 철호를 도저히 숙희로서는 받아들일 생각이 없었다.

숙희가 반항을 하면 할수록 철호의 폭력은 더 심해졌다. 그런데 참으로 이해할 수 없는 것은 철호에게 맞으면 맞을수록 숙희는 알 수 없는 희열감에 빠지고 있었다.

매를 얻어맞으면 아파야 하는데 어떻게 된 일인지 시원하면서 막혔던 가슴이 뻥 뚫리는 기분이었다. 매를 맞으며 눈물 콧물 흘리면서도 더 앙탈을 부리며 대들었다.

속옷이 찢기고 팬티가 찢겨 나갔다. 팔과 다리를 맞아서 움직일 수도 없었다. 뺨도 퉁퉁 부어 있었다. 웅크리고 누워 필사의 몸부림을 치는 숙희를 철호는 단호하게 끌어안는가 싶더니 두 다리를 짝 벌리며 스며들었다. 숙희는 거의 절망이었다. 몸부림을 쳐 봤지만 거의 포기 상태에 있었다.

철호의 강력한 힘이 느껴졌다. 희미하게 보이는 철호의 얼굴이 상하로 움직이고 있었지만 어떤 감각을 느낄 수는 없었다. 그러나 시간이 가면 갈수록 긴장이 풀리면서 섹스의 쾌감에 빠져 들었다. 숙희는 철호를 끌어안고 가슴에 얼굴을 묻고 무아지경을 헤매듯 몸부림치기 시작하였다. 아니 이제는 숫제 비명을 지르며 철호의 머리채를 잡고 흔들며 아랫도리에 경련을 느끼고 있었다.

"아뿔싸~"

순간 거대하고 강렬한 불기둥이 불을 뿜듯이 뜨거운 불덩이가 아랫배를 타고 몰려 들어왔다.

"아~ 아악!"

순간 숙희는 숨을 멈췄다. 아니 온 세상이 그대로 정지된 상태인 것 같았다. 철호도 그 순간만은 전기에 감전이라도 된양, 꼼짝을 못하고 멈춰 있었다.

얼마나 시간이 지났을까? 숙희가 화들짝 놀라서 일어난 것은 그로부터 몇 십분 뒤였다.

시간은 정확히 모르겠지만 밤이 많이 깊어 있었다. 철호도 옆에 누워서 세상모르고 코까지 골아가면서 자고 있었다.

숙희는 조심스럽게 일어나서 침대 끝에 걸려 있는 핸드백을 손으로 잡아당겨 가슴에 안았다. 그리고는 소리 없이 침대를 벗어나 화장실로 들어가 화장실 문을 닫았다. 그래도 철호는 세상모르고 여전히 자고 있었다. 숙희는 누구한테 먼저 전화를 해야 하나 망설였다.

서울에 큰오빠, 작은오빠, 셋째오빠, 안산에 큰언니, 구리에 둘째언니까지 형제들이 모두 가까이 있었다. 그래도 제일 가깝고 친한 둘째언니가 좋을 것 같아 둘째언니에게 전화를 하기로 결정을 했다.

"언니! 흐~흑 흑 흑!"

"너 지금 어디야?"

"여기 구리라고 하는데 어디가 어딘지 잘 모르겠어."

"야, 구리면 바로 우리 동네인데 왜 이제야 연락을 해?"

"언니 지금 몰래 화장실에 들어와 전화하는 거야. 가방도 뺏기고 전화기도 빼앗겨 전화할 수도 없었어."

"야 이 바보야! 그깟 남자하나 요리를 못해서 그렇게 끌려다녀? 경찰에 신고를 하든지 하지?"

"언니가 지금 내 사정을 몰라서 그래, 식구들을 다 죽인다고 협박을 하는데 어떻게 해 큰일 났어."

"거기가 어디야 내가 지금 그리로 갈게."

"나도 잘 모르겠어."

"그럼 네가 밖에 보이는 간판도 없어?"

"저 앞에 건물 벽에 GS백화점이라고 보여."

"그래 GS백화점이면 바로 우리 옆인데. 너 그 GS백화점에서 얼마나 떨어져 있니?"

"그 맞은편이야 여기는."

"그럼 모텔이냐?"

"응, 모텔! 그런데 이름은 나도 몰라."

"야 이 바보야, 목욕탕에 타월 같은 곳에도 이름을 다 써 놓았는데 모르냐?"

"타월? 가만히 있어봐. 응, 그래 프린스 모텔이야."

"프린스 모텔 몇 호실이냐?"

"저~ 그래 303호실인 것 같았어."

"야 이 바보야, 어떻게든 도망쳐 나오지 거기 그렇게 붙들려 있으면 어떻게 해."

"언니, 나하나 죽는 건 하나도 안 무서운데 조폭놈들 시켜서 애들 아빠, 애들 다 죽인다고 해서 겁이 너무 나서 못 나갔어."

"야! 그런 놈은 당장 112로 신고해서 경찰을 불러서 구속을 시켜야 해."

"아니야 언니, 경찰에 신고하지 마. 신고하면 일이 진짜 크게 벌어져, 절대로 신고하지 마 언니!"

"너 그럼 어떻게 하자는 말이여?"

"날이 밝으면 언니 혼자 오지 말고 형부랑 같이 와서 이야기를 잘하고 같이 가면 안 돼?"

"야, 너희 형부 낼 아침 일찍 부천에 볼일이 있어 가야 한다는데 어떻게 하니?"

"그럼 어떡해 언니!"

"알았어. 내가 알아서 할 테니까 넌 거기에서 꼼짝 하지 말고 있어."

언니 지수는 전화를 끊자 가슴이 뛰고 머리가 아찔했다. 우선 봉천동에 있는 조카 성현에게 전화를 해 엄마 여기에 있으니 빨리 오라고 했고, 다음으로는 풍납동에 사는 작은 오빠에게 전화를 해 내일 아침 일찍 오라고 했다.

지수는 그날 밤을 꼬박 뜬눈으로 지새웠다. 아무리 잠을 청해도 잠이 오지 않았다. 드디어 아침이 왔다.

제일 먼저 도착한 사람은 조카 성현이었다. 성현은 이모 지수를 끌어안고 엉엉 울었다. 어린 것이 혼자서 마음고생을 얼마나 많이 했을까 라는 생각이 들었다.

조금 있으려니 풍납동에 사는 둘째오빠가 택시를 타고 달려왔다. 지수는 작은 오빠에게 그동안의 일을 세세하게 설명을 하고 만약 이 일이 커져서 함평에 있는 동진이 알게 되면 더 큰 문제가 생긴다는데 의견의 일치를 봤다. 그리고 철호가 앙심을 품고 보복을 할 것에 대비를 해서 아예 경찰을 부르는 것이 좋겠다고 생각했다.

경찰서에 전화를 해서 경찰 2명이 GS백화점 앞으로 나왔고 지수와 오빠도 GS백화점 앞으로 나갔다. 지수는 경찰관에게 동생이 그냥 아주 곤란한 입장에 처해 있다는 말만 했지 더 이상 자세한 이야기를 못했다.

4명이서 프린스 모텔로 가기 위해 신호를 대기하고 있을 때 맞은 편에서 오고 있는 사람이 숙희 같았다. 지수는 경찰관들에게 동생이라고 눈짓으로 말하고 그 자리에 있다가 숙희가 건너오기를 기다리고 있었다.

숙희 옆에는 철호가 검은 모자를 푹 눌러쓰고 숙희의 핸드
백을 한쪽 손에 감고 다른 한쪽 손으로는 숙희의 손을 잡고 있
었다. 숙희가 건널목을 거의 다 건너왔을 때 둘째언니가 숙희
앞을 가로 막으며 말을 걸었고 거의 동시에 경찰관들이 철호
를 에워싸며,

　　"수고 하십니다, 잠시 검문이 있겠습니다."
하며 철호의 팔을 잡았다.

　　"숙희 너 여기 웬일이니?"

　　"언니, 언니는 여기 웬일이세요?"

　　"숙희야 이리 와봐. 아니 그런데 니 핸드백을 왜 저 남자가
들고 있니, 핸드백 이리 줘요."
하며 핸드백을 가로 채서 언니 지수가 들었다.

　　철호는 경찰들이 자기에게 말을 시키자 잠시 당황하고 있는
데 그 순간에 지수가 핸드백을 낚아채자 꼼짝없이 핸드백을
놓치고 말았다.

　　"성함이 어떻게 되십니까?"

　　철호는 자기를 잡으러 왔다는 것을 육감적으로 알았지만 의
외로 침착했다.

　　"……!"

　　"주민등록증 좀 보여 주실래요?"

　　"……!"

"아니 왜 대답을 못 하십니까?"

"저~ 제가 무슨 죄를 지었나요?"

"아니 무슨 죄가 있어서 묻는 것이 아니고 그냥 불심검문 중입니다."

"주민등록증은 안가지고 나왔는데요."

"그럼 구리경찰서까지 가시죠?"

라고 하는 순간에 지수는 숙희의 팔을 붙잡고 돌아서서 그곳을 빠져 나오며,

"오빠가 경찰들에게 이야기를 좀 잘 해요."

라고 했고 오빠는 경찰관들에게

"주민등록이 없어도 지문을 찍으면 다 나오니 신원 파악 좀 철저히 조사해 주십시오."

라고 부탁을 했고 경찰들은 철호의 팔을 양쪽에서 잡고

"저~ 서까지 같이 가줘야 하겠습니다."

라며 데리고 갔다.

둘이 서로 헤어졌지만 숙희는 마음이 불안했는지 안절부절 못하면서 "철호가 경찰서에서 나오면 반드시 보복할 거라"며 불안해했다.

지수와 숙희가 집에 도착하자 성현이 엄마를 끌어안고 엉엉 울었다. 성현이가 그동안 누구한테도 말 못하고 혼자서 애를 태우다가 엄마의 얼굴을 보니 서러움이 복받쳐 울고 있는 것

이었다.

그렇게 얼마 있지 않아 성현의 전화벨이 울렸고 전화를 한 사람은 다름 아닌 성현아빠 동진이었다. 동진은 지금까지도 술에 절어 목소리가 잘 나오지 않고 그냥 소리만 지르는 것 같았다.

성현은 전화기를 얼른 엄마에게 넘겨주었고 숙희는 전화를 받자 대뜸 화부터 내기 시작하였다.

"나 이제 농장에 안가, 우리 차라리 이렇게 살 바엔 이혼해. 너무 힘들어서 못 살겠어."

라며 엉엉 울었다.

동진은 숙희의 목소리를 듣자 우선 반가운 모양이었다.

"여보, 나 이제 술 안 먹고 당신 생각하며 열심히 살게 응? 내말 잘 들어봐. 우리 지금까지 힘들었지만 잘 살았지 않아?"

"잘 살기는 뭐가 잘 살아, 툭 하면 술 먹고 나를 잡아먹으려고 했지. 당신도 양심이 있다면 가슴에 손을 대고 생각을 좀 해봐, 당신이 그동안 나한테 어떻게 했나."

하며 흐느껴 울었다.

"당신 지금 성현네 집이지? 내가 지금 택시타고 갈게."

"오지 마! 만약에 당신이 올라오면 영원히 찾지 못하는 곳으로 도망을 가버릴 테니까 알아서 해."

라며 으름장을 놨다.

숙희가 동진에게 그렇게 하는 것은 동진의 성격상 충분히 택시를 타고 올라오고도 남았으며 언니네 집에 있다고 하면 언니를 가만히 둘 인간이 아니라는 걸 잘 알고 있기 때문에 언니네 집이라고 못하는 것이었다.

그날 밤 늦게까지 식구들이 모여 앉아 숙희에게 닥칠 수 있는 일들이 무엇 무엇인지를 상의하고 있었다.

철호가 만약에 경찰서에서 나오면 어떻게 해야 하나, 시골에 있는 동진과는 계속 살 것인지 이혼을 해야 할 것인지 등을 이야기 하고 있었다. 또 만약에 이혼을 하게 되면 숙희의 앞날은 어떻게 되며 위자료는 얼마정도 받아 내야 하는지 등도 상의의 대상이 되었다.

동진은 평소에 건축 일을 하면서 혹시 부도날 것을 대비해서 집이며 땅이며 현재 하고 있는 농장까지 모두 형님 명의로 해 놨기 때문에 그 재산들을 어떻게 찾아와 동진의 앞으로 해 놓느냐도 논의의 대상이었다.

온 집안 식구들은 방 안에 둘러앉아 구체적이고 진지하게 늦게까지 이야기를 나누었다.

천사의 눈물

08

또 다른 협박

o8

그날 밤 식구들이 이야기를 마치고 밤 2시경이 되어서야 잠자리에 들었다. 그런데 밤 2시 30분경 숙희의 전화벨이 울렸다.

숙희는 동진의 전화이겠지 생각을 하며 전화기를 들여다보고는 소스라치게 놀랐다. 전화를 건 사람이 다름 아닌 철호였기 때문이었다.

전화기를 들고 손을 벌벌 떠는 숙희에게 옆에 누워있던 언니 지수가 자꾸 전화를 받아 보라고 재촉을 했다. 숙희는 한참을 망설이다가 전화를 열고 귀에 갖다 댔다.

"여보세요!"

"야 이 에미나이 넌아! 세상에 그렇게 사람의 뒤통수를 치는 게야, 앙!"

"......!"

"너 이년, 내일 아침까지 GS백화점 앞으로 돈 800만 원 가지고 나와, 알았어? 만약에 허튼 수작하면 니 가족들 사그리 다 죽여 버릴 테니까, 알았어?"

숙희는 더 이상 전화를 듣고 있지 못하고 전화를 얼른 끊어 버렸다. 그러자 조금 있으려니 전화벨이 또다시 울렸다. 숙희는 얼른 전화기와 배터리를 분리시켜 버렸다. 같이 자고 있던 지수와 성현도 그 바람에 잠이 깨어 아침이 되기까지 단 한잠도 자지 못했다.

아침 8시에 자리에서 일어난 형부 동욱은 어젯밤에 있었던 이야기를 전해 듣고 화가 머리끝까지 솟았다. 안 그래도 어제 외출했다 돌아와 식구들에게 낮에 있었던 일들을 전부 전해 듣고는 화가 나서 씩씩대며 "아니 그깟 놈을 그냥 보내 줬냐?"고 투덜대고 있던 차였다.

"처제! 지금 다시 전화를 켜놔 봐!"

"형부! 그럼 그 새끼 전화 또 오면 어떻게 해요?"

"아니 그럼 처제, 그 놈 무서워서 언제까지 전화도 못 켜고 피해만 다니면서 살 거야?"

"그럼 어떻게 해요, 형부!"

"그러니까 전화를 켜 놓고 그 새끼한테 전화가 오면 나를 바꿔 달라고, 무슨 일을 근본적으로 해결을 해야지 이거 되겠어?"

그 말끝에 언니 지수도 거들고 나섰다.

"그래 맞아, 그 새끼를 언제까지 피하면서 살 수는 없는 문제야. 그러니 그 새끼를 만나서 해결하는 정면 돌파 작전을 써야 해.”

“아니 구리경찰서에서는 어떻게 그런 치안범을 그냥 풀어주냐?”

숙희가 혼잣말로 푸념을 했다.

“그놈에게 전화 오면 약속을 하고 나 하고 같이 나가, 내가 그 새끼를 잡아서 혼을 내줄 테니까, 알았어?”

“아이구, 형부! 나이가 낼 모레면 60이 되는데 젊은 놈을 어떻게 잡아서 혼을 내요, 그놈 혼내 줄려다가 형부나 다치지 말아요.”

“처제, 나 이래봬도 해병대 특수부대 나온 놈이야, 내가 아무리 나이를 먹었다 할지라도 아직까지 그깟 놈 하나 정도야 문제없어.”

“그래, 너희 형부 해병대 하고도 북파공작 부대에서 훈련으로 다진 몸이야, 설마하니 그깟 놈 하나 못 때려잡겠냐?”
하며 지수가 옆에서 거들었다.

그 말을 듣고 어느 정도 안심이 되는지 숙희가 전화를 다시 켰다. 전화를 켠지 약 한 시간이 지나서 전화가 다시 왔다.

“형부 전화 왔어요, 어떻게 할까요?”

숙희가 상기된 얼굴로 말했다.

“받아가지고 10시에 GS백화점 앞에서 만나자고 해.”

"알았어요."

하며 전화기를 귀에다 갖다 댔다.

"여보세요."

"야! 이년아 전화를 왜 꺼 놓은 거야."

"말해 왜 전화했어?"

"내가 말한 돈 해 줄 거야, 안 해 줄 거야?"

"지금 나한테 무슨 돈이 있다고 자꾸 돈을 달라고 해."

"아니 너 년이 돈을 해준다고 해서 함평에서 나올 때 봉급도 계산 안하고 그냥 나왔는데 이제 와서 오리발이냐?"

"야 장철호! 너 나한테 돈 500만 원 가져갔잖아 이 미친놈아!"

"어쭈! 이제 배짱이다 이 말이지, 야! 500만 원 내가 그냥 가져 왔냐?"

"야! 500만 원을 그럼 니놈이 나한테 맡겨놨냐?"

"야 이년, 너 정말 이렇게 막 가자는 거지?"

"그래 이 놈아! 이렇게 나오면 니가 어떻게 할 건데?"

"좋아, 두고 봐라! 이제부터 나도 막보기로 할 테니까."

"야 이 미친놈아, 니가 뭘 막보기로 하겠다는 거여 시방."

"하하하! 그야 두고 보면 알거 아니겠어."

"좋아, 우리 만나서 얘기하자!"

"언제?"

"지금 만나, 10시까지 내가 GS백화점 앞으로 나갈게."

"돈은?"

"돈이고 지랄이고 만나서 얘기하잔 말여."

"알았어, 10시까지 GS백화점 정문으로 나와."

"그래 알았어."

약속을 하고 숙희는 전화를 끊었다.

"자 자! 이제 아침밥부터 간단히 해결하고 약속 장소로 나갑 시다."

"형부! 이 상황에 아침밥이 들어가겠어요?"

"그래도 먹을 건 먹어야지 힘을 쓰지, 하하하!"

숙희는 나갈 준비를 하고 나머지 식구들은 아침을 간단히 먹었다.

아침을 먹고 난 동욱과 지수, 그리고 성현과 숙희 이렇게 4 명이서 GS백화점 지하실로 가서 차를 주차시켰다.

언니인 지수는 남편 동욱이 큰소리를 쳤지만 혹시라도 그놈 에게 봉변을 당할까봐 무척이나 걱정을 하며 따라 나왔던 것 이다.

숙희와 성현이 백화점 정문 앞에 서 있는데 10시가 되자 전 화벨이 울렸다.

"여보세요!"

"지금 안으로 들어 와, 화장품 가게 앞으로 와."

"알았어."

숙희와 성현이 안으로 들어가 화장품 가게 앞에 서 있고, 지수는 2층에서 망을 보고 있었고, 동욱은 정문 안 나무의자에 앉아 있었다. 그러나 한참을 기다려도 철호가 나타나지 않았다.

얼마나 시간이 흘렀을까 너무 지루해 집으로 가자고 할 무렵 전화가 다시 왔다.

"왜 성현을 데리고 나왔어?"

"그럼 어떻게 혼자 나와."

"빨리 성현을 보내, 그리고 혼자서 밖으로 나와서 구리 전철역 앞으로 와."

숙희는 사방을 두리번거리며,

"지금 어디에 있는데?"

하고 묻자,

"나 지금 구리역 앞에 있어."

라는 말을 듣고 숙희는 언니와 성현 그리고 형부에게 구리역 앞으로 간다고 하고 밖으로 나와 구리역 쪽으로 걸어갔다.

동욱은 혹시 찻길 옆에 바짝 붙어가다가는 차 안에서 문 열고 얼른 납치라도 해 갈까봐 숙희에게 찻길 옆으로 너무 바짝 가지 말고 조심하라고 주의를 줬다.

동욱은 검은 제복을 입고 있었지만 철호를 한 번도 본적이 없어 숙희의 뒤를 따라 가면서도 숙희의 동정만 열심히 살피고 있었다.

그때 철호는 구리역 앞 육교 위에서 숙희에게 손짓으로 맞은편으로 건너오라고 하며 육교에서 내려오고 있었다. "형부! 저 까만 가방 메고 추리닝 입은 놈이에요."
하며 옆으로 지나갔다. 그곳은 바로 동욱이 숙희를 지켜보고 있는 쪽이었다.

철호가 육교를 내려와 숙희의 팔을 잡아끌며 주차장 쪽으로 올라가고 있었다. 동욱도 딴 청을 부리며 숙희의 뒤를 바짝 따라 붙었다.

"무슨 말인지 여기서 해."
하며 숙희가 멈춰서는 순간 동욱이 철호의 턱을 향해 번개 같은 주먹을 날렸다. 느닷없이 턱을 강타당한 철호가 비틀거리며 몇 발짝 뒤로 물러서는 순간 다시 따라가며 철호의 얼굴을 향해 사정없이 주먹을 날렸다.

"어이쿠!" 하며 퍽 쓰러진 철호의 머리채를 잡아 일으키며,

"야 이 새끼야! 감히 누구를 협박 해, 이 씹할 놈아! 너 오늘 여기서 죽어 봐라."
하며 다시 복부를 향해 주먹을 날렸다.

"억~"

"어 이 새끼 봐라, 빨리 일어나 이 새끼야."

하며 이번에는 양 어깨를 잡아 일으키며 목덜미를 사정없이
후려쳤다.

"켁~ 켁~켁!" 하며 철호가 무릎을 꿇었다.

"야 이 새끼야, 돈 500만 원 뜯어 갔으면 됐지 또 돈 800만 원
을 요구해? 이 씹할 놈아!"

하며 다시 일으켜 세우려고 하는데 앉아서 일어나지 않으려고
버티고 있었다.

"아쭈! 이 새끼 봐라, 빨리 일어나 이 새끼야!"

하며 무릎으로 얼굴을 강타하려는 순간 지금까지 옆에서 보고
있던 숙희가 달려들며 막았다.

"형부 이제 그만 해요, 이러다 사람 죽이겠어요."

"아니야! 이런 인간쓰레기 같은 놈은 죽여 버려야 해, 처제
저리 비켜."

하며 다시 잡아 일으키려는 순간 네 발로 박박 기어 달아나기
시작하였다. 동욱은 뒤를 따라가 다시 붙잡으려 하였으나 죽
을힘을 다해 달아나는 철호를 잡지 못하고 놓치고 말았다.

동욱은 하는 수 없이 철호가 급하게 도망가면서 놓고 간 가
방만 들고 내려오는데 성현과 지수가 급하게 쫓아오면서 "어
떻게 되었냐?"고 물었다.

숙희는 형부가 사람을 죽일 것 같았다며 그동안의 일들을
설명하였고 동욱은 철호가 놔두고 도망간 가방을 들고 구리

역 뒤 구리파출소로 가서 신고를 하자며 모두를 데리고 들어 갔다.

　구리파출소에는 근무자가 2명 있었는데 동욱의 다급한 설명에도 별 시큰둥한 반응을 보이며,

　"저~ 그런 일이라면 요 위에 있는 구리경찰서로 가서 신고를 하셔야 합니다."

라고 했다.

　철호와 싸우느라고 잔뜩 흥분을 하고 있던 동욱은 경찰관들에게 소리를 버럭 질렀다.

　"야 이 새끼들아! 사람을 납치하려고 납치범이 설치는데 국민의 치안을 담당하고 있는 경찰들이 이렇게 한가롭게 앉아 노닥거리며 있어도 되는 거야?"

하고 쏴 부치고 숙희의 손을 잡고 나왔다.

　"야, 여기서 택시를 타고 구리경찰서로 가자고."

하며 택시를 잡으려고 하는데 숙희가 잡고 있던 손을 뿌리치며 급하게 말렸다.

　"형부! 경찰서로 가면 안 될 것 같아요. 만약에 이 일들을 함평에 있는 성현아빠가 알게 되면 큰 일이 나잖아요."

라고 하자 옆에 서 있던 언니 지수도 거들고 나섰다.

　"이 일을 더 이상 확대해서 좋을 게 없을 것 같아요. 만약 동진이 이 일을 알면 저것을 그냥 살려둘 놈이 아녀요."

라고 하자 옆에 서 있던 성현이도 동감을 하고 나섰다.

"제 생각도 그래요, 이모부!"

그 자리에 있는 사람 모두 그렇게 나오니 동욱도 더 이상 어떻게 하지 못하고 하는 수 없이 가방을 들고 백화점 지하 주차장으로 내려갔다.

차를 타고 집으로 오는 차 안에서 숙희는,

"형부가 그놈을 흠씬 두들겨 패주니 속은 시원한데 그놈이 보복을 하겠다고 나서면 어떻게 해요."

라며 또 걱정을 하고 있었다.

"처제 그런 걱정은 하지 마. 다음번에 또 만나면 아주 죽여버릴 거니까."

"형부! 그놈이 또 여기로 오겠어요? 함평으로 찾아오면 큰일난다는 것이지요."

하며 울상을 짓고 있었다.

"그 새끼가 그렇게 혼이 나고 또 찾아오겠어? 걱정 안 해도 돼."

하고 동욱은 처제 숙희를 안심시키고 있었다.

동욱은 집으로 돌아와서 철호가 버리고 간 가방을 뒤져 봤다. 가방 안에는 담배가 한 보루 반이 있었고, 여권과 노트도 한 권 들어 있었다. 그리고 약 봉지가 4개, 추리닝 한 벌 그리고 양말 두 켤레가 있었다.

또 나쁜 협박

동욱은 우선 여권을 들여다봤는데 2004년에 발급 받은 여권이었고 대한민국에서 발행하였으며 여권을 내고 해외여행을 한 기록은 없었다.

그 다음으로 노트를 넘겨봤는데 전화번호가 3장 6면에 빡빡하게 적혀져 있고, 친구와 누나라고 적혀 있는 전화번호가 많았고, 돈사나 축사 전화번호가 몇 개 더 적혀 있었다. 그걸로 짐작을 해 보면 철호는 주로 돈사나 축사로 많이 돌아다닌 것 같았다.

동욱은 적혀 있는 전화번호들을 꼼꼼히 살피다가 송파경찰서 보안과 김 형사라는 핸드폰 전화번호를 하나 발견하였다. 그걸 본 동욱은 '혹시 옛날에 무슨 죄를 지어 처벌을 받고 김 형사의 전화를 적어놨나' 하고 전화 수화기를 들었다.

"여보세요! 송파경찰서 김 형사님이십니까?"

"예 그런데요, 누구십니까?"

"저~ 혹시 장철호라는 사람을 아십니까?"

"장철호라~ 그런데 왜 그러시죠?"

"아! 네, 장철호가 농장에 취직을 하여 일을 하면서 부녀자를 유린하고 그 걸 미끼로 돈을 달라고 협박을 하고 다녀서 물어 봅니다."

"아니 그런데 제 전화번호는 어떻게 아셨습니까?"

"오늘 장철호를 잡아서 구리경찰서로 연행을 하려다가 놓쳤는데 철호가 급하게 도망을 가면서 가방을 하나 놓고 갔는데 그 가방안의 노트에 김 형사님의 전화번호가 적혀 있어 전화를 드려보는 겁니다."

"아 그랬군요. 장철호는 2004년도에 북에서 내려온 탈북자입니다. 탈북자에게는 누구나 보안과에 형사들이 각각 담당자가 정해지는데 제가 최초의 담당자였습니다."

"뭐라고요, 그럼 장철호가 탈북자라는 말입니까?"

"그럼 탈북자인지 모르셨습니까?"

"네 전연 몰랐습니다."

"모든 탈북자들은 매월 한 번씩 자기 담당자들과 연락을 하고 미팅을 하게 되는데, 그 이유는 탈북자가 안전히 자리를 잡을 때까지 생활에 필요한 모든 것을 가르쳐주고 우리나라에서 해서는 안 되는 법과 질서도 가르쳐 줍니다."

"그런데 지금 현재 저는 형사직을 정년으로 그만두고 다른 사람이 담당을 하고 있습니다."

"아~ 그러시군요! 그럼 지금 현재 담당을 하고 있는 형사는 누구십니까?"

"아마 지금은 보안과 유 형사가 담당하고 있습니다. 제가 유 형사의 전화번호를 알려줄 테니 직접 유 형사와 통화를 한번 해보시는 것이 좋을 것 같습니다."

그렇게 해서 동욱은 다시 보안과 유 형사께 전화를 하여 그동안에 일어났던 이야기들을 모두 해 주었다.

송파경찰서 유 형사는 동욱의 말을 듣고 깜짝 놀라고 있었다. 그러면서 이렇게 말을 했다.

"지금 현재 북에서 탈출해 남으로 들어온 탈북자가 약 1만 명이 넘게 거주하고 있는데 그 중에서 블랙리스트에 오른 탈북자가 대강 5~6명 정도 되는데 그 중에서도 이놈 장철호가 제일 말썽을 많이 부리고 다니는데 최근에 신고가 들어온 걸 보면 충남 서산에서 돈사에 취직을 해 약 일주일 정도 일을 하다가 돼지 판 돈 500만 원을 훔쳐 도주한 것과 또 천안에서는 식당에 취직을 하여 일한 지 3일 만에 주인 차를 몰고 달아나 지금 현재 수배 중에 있다."

고 하였다.

"아니 그런데 그런 놈을 왜 안 잡아들이나요?"

"안 잡기는 누가 안 잡아요, 잡을 방법이 없어 그냥 있는 거지요."

"아니 어제 구리경찰서에 연행을 해 갔는데도 그냥 나왔는데요?"

"그렇다면 저도 좀 이상합니다. 뭣 때문에 수배령이 내려진 놈을 그냥 내 보냈는지를요."

"만약에 그 말이 사실이라면 구리경찰서에서 연행해 간 형사가 문책 받아야 할 일이군요?"

"우리 형사들이 그럴 리가 없으나 결과를 놓고 보면 구리경찰서 형사가 업무상 큰 실수를 한 것은 사실입니다."

동욱은 전화를 끊고 집사람이 적어놓은 전화번호로 구리경찰서에 전화를 걸었다.

"여보세요, 구리경찰서지요?"

"네 그런데요."

"어제 GS백화점 앞에서 납치 건으로 문제가 된 사람을 경찰서로 연행한 일이 있지요?"

"여보 당신이 도대체 누군데 명령조로 묻는 거야?"

"아니 저~ 그게 아니고요, 형사님!"

"저고 뭐고 당신 이름부터 밝히고 말해?"

형사의 목소리가 약간 흐트러져 있고 옆에서 여자들의 웃음소리가 나는 걸로 봐서 술집에 있는 것 같았다.

"형사님! 지금 술집에 계십니까?"

"야 임마! 술은 니가 처먹고 나보고 술집이냐고 묻는 거야?"

"아니 형사님, 어제 연행한 사람에 대해서 한마디 묻고 싶어서 전화를 드렸는데요."

"뭐? 당신이 연행이 뭔 줄이나 알고 연행 연행하는 거야?"

"저는 연행이 무엇인지는 모릅니다. 그런데 그게 중요한 것이 아니고 그 동행한 사람을 어떻게 해서 내 보냈는가 궁금해서요."

"뭐야! 내가 당신에게 그런 것까지 다 보고를 해야 돼? 이 사람 참 웃기는 사람일세."

하며 비웃듯이 웃는 소리가 들렸다. 순간 동욱은 화가 머리끝까지 치밀어 올랐다.

"야! 이 씹할 놈아! 너 민중의 지팡이라는 형사 맞아? 너 이 씹할 놈아 도대체 몇 살이나 처먹었기에, 혀 꼬부라지는 소리로 말끝마다 반말이냐 반말이."

"어쭈~ 대한민국 형사가 우습게 보인다 이 말이지, 너 거기 어디야 내가 당장 그리로 찾아갈 테니까?"

"야 이 씹할 놈아! 니가 여기 찾아올 필요 없이 내가 낼 아침에 구리경찰서로 찾아가마. 오전 9시에 서장실에서 보자, 이 개새끼야."

"어이구! 이제 날 협박까지 하시겠다 이 말이군. 이 새끼를 당장 코를 엮어 까막소에 처넣어 버릴 테니까 주소 대, 이 씹할 놈아."

"그래? 그럼 한번 쳐 넣어 봐라 이 씹할 놈아, 여기 도농동 ○○아파트 806동 2102호다 이 씹할 놈아."

하면서 동욱은 치밀어 오르는 화를 참지 못하고 전화기를 벽에 패대기치자 전화기가 찌~직 하며 박살이 나 버렸다.

얼마 있으려니까 집사람의 전화벨이 울렸다. 집사람은 전화를 받더니 그 형사란 걸 확인하고,

"아저씨, 그놈이 탈북자 장철호라는 것을 우리가 알고 그놈이 지금 현재 지명 수배범인데 어떻게 해서 그놈을 바로 풀어 줘? 어제 밤새도록 우리에게 협박전화를 했어요. 그래서 그것 좀 물어보려고 우리 아저씨가 전화했는데 그렇게 서로 싸움만 하고 있어요?"

라고 말했다.

　"그래요, 그놈이 탈북자 맞습니다. 그런데 그놈은 장철호가 아니고 안상국이라는 놈입니다."

　"뭐요? 그놈이 장철호인데 무슨 안상국이라고 해요?"

　"내가 송파경찰서에 사진까지 보내고 담당 형사에게 확인까지 하고 아무 이상이 없어 내 보냈는데 무슨 말씀이십니까?"

　그때 동욱이 전화기를 빼앗아 들고,

　"야 임마! 너하고 말장난하기 싫으니 내일 아침 9시까지 서장실로 올라 와, 이 씹할 놈아!"

하고는 전화를 끊어 버렸다. 그 뒤로도 계속해서 전화벨이 울렸으나 동욱은 전화를 못 받게 했다.

　다음날 아침에 일찍 지수의 전화벨이 울렸다.

　"여보세요, 누구세요?"

　"네 구리경찰서 윤 형사입니다. 선생님 계시죠? 저 지금 ○○아파트 앞에 와 있거든요."

"아니 무슨 일로 여기까지 오셨어요? 우리 아저씨 경찰서로 간다고 준비 중인데요."

라고 하는데 동욱이 전화기를 빼앗아 들고,

"야 임마! 경찰서에서 만나자는데 왜 집으로 찾아오고 지랄 이야?"

하고 전화를 끊어버렸다.

조금 있으려니 전화벨이 다시 울려 지수가 전화를 받았다.

"아저씨 왜 자꾸 그래요?"

"아니 사모님은 뭘 보고 그놈이 장철호라는 겁니까?"

"그놈 가방에 여권이 있는데 그 여권에 장철호라고 되어 있고 사진까지 붙어 있어요."

"그럼 저한테 그 여권이라도 좀 보여 주세요."

"아저씨 우리 아저씨가 경찰서로 그 여권과 가방도 가지고 가실 거예요. 그러니 경찰서에서 만나보시면 되잖아요?"

"그럼 제가 여권이라도 먼저 볼 수 있게 해 주세요."

하며 애원하듯 말을 했다.

동욱은 하는 수 없이 여권을 가지고 내려갔다. 차에는 사복 형사 2명이 와 있었다.

"저~ 이동욱 선생님이시죠?"

"네! 그런데요."

"어제는 제가 정말 실례가 많았습니다."

"사과는 관두고 여권 여기 있으니 확인이나 해 봐요."

"선생님이 먼저 제 사과를 받아줘야 여권을 보지요."

"됐습니다, 여권이나 확인해 봐요."

"정말 죄송합니다. 다음부터는 모든 일에 좀 더 조심을 하겠습니다."

"이봐요, 당신들은 국민의 치안과 안전을 지켜주는 경찰관들 아닙니까? 그렇다면 우리가 늦은 시간에 뭣 때문에 당신들을 찾나 생각을 해보고 그 애로사항을 풀어줘야지, 어디 그렇게 고압자세로 혀 꼬부라지는 소리나 지껄이고 있어요?"

"선생님 죄송합니다. 이제 노여움을 푸세요."

"그래요, 윤 형사로 알고 있는데 아직 젊은 사람이 너무 그렇게 고압자세로 근무하지 말고 시민들의 외로움을 잘 들어주는 형사가 되기를 바래요."

"네! 잘 알겠습니다."

"여기 있어요, 여권."

하며 동욱은 여권을 윤 형사에게 권했다.

철호의 여권을 받아 열어본 윤 형사의 표정이 굳어졌다.

"아니 이 새끼가 안상국이 아니고 장철호네. 가만있자 그렇다면 이놈을 그냥 놔준 것이 큰 실수였나!!"

"선생님! 이 여권 외 또 뭐가 있었나요?"

"가방 안에 노트와 옷 몇 가지가 들어 있었어요."

"그 소지품을 모두 저에게 넘겨주실 수 없나요?"

"그래요, 안 그래도 소지품을 내가 가지고 있을 필요가 없다고 생각해 경찰서에 갖다 주려고 했는데 잘 되었네요. 여기서 잠깐 기다려요 내 올라가서 가방을 가지고 올 테니까요."

라고 말하고 동욱은 다시 집으로 올라가 가방을 들고 내려왔다.

"아니 그런데 어떻게 된 겁니까? 장철호를 어떻게 그냥 풀어준 거예요?"

"본인이 안상국이라고 하고 주민등록번호도 안상국이 맞고 또 송파경찰서 유 형사에게 사진까지 찍어서 보냈는데도 유 형사도 안상국이가 맞다고 해서 풀어준 겁니다."

"아니 그럼 주민등록증은 확인했나요?"

"아니요, 주민등록증은 없었고 그놈이 불러주는 번호로 확인했습니다."

"그렇다면 그 흉악범을 경찰서까지 연행하고서 지문조회도 안 해보고 그놈의 말만 믿고 남의 주민등록번호를 대고 태연히 걸어 나가 또다시 협박을 한 것이군요?"

"그놈이 누구를 협박했습니까?"

"그래요, 어젯밤 3시경부터 계속 전화로 협박을 했어요."

"뭐라고 협박을 했나요?"

"돈 800만 원을 더 내 놓으라고 협박을 했습니다."

"그럼 그놈이 언제 또 돈을 뜯어 갔었나요?"

"그래요, 얼마 전에 내 처제를 강간하고 그걸 미끼로 500만 원을 뜯어 갔는데 또 800만 원을 달라고 협박을 하고 있는데 그놈이 만약에 함평으로 내려가 살인이라도 하면 윤 형사님이 무엇으로 책임질 겁니까?"

"아니 그럼 그놈이 유부녀를 강간까지 했다는 말인가요?"

"그래요, 그래서 우리가 그놈을 잡아 경찰서로 인계하려다 못한 것 아닙니까."

"지금 그 처제는 어디에 있습니까?"

"지금 우리 집에 같이 있는데 그놈 때문에 너무나 불안해서 시골집에도 못 내려가고 불안에 떨고 있잖아요."

"아니 그런데 어제 사모님은 그런 자세한 이야기를 저한테 하지 않았는데요."

"그것이 뭐가 좋은 일이라고 여기저기 함부로 말할 수 없는 일이잖아요. 그리고 그런 사실을 함평에 있는 남편이나 시집 식구들이 알게 되면 난리가 날까봐 쉬쉬하고 있는 겁니다."

"정말 죄송합니다. 일이 이 정도인지는 모르고 그냥 대수롭지 않게 처리한 제 잘못이 큽니다. 제가 지금이라도 경찰서로 들어가 철저히 조사해서 이놈을 꼭 잡아들이겠습니다."

"그래요, 윤 형사님! 이런 나쁜 놈은 하루빨리 꼭 잡아야 피해자가 한 명이라도 덜 생기게 됩니다."

"그놈이 가지고 있던 소지품을 전부 저에게 주시죠. 수사에 단서가 될 만한 물건을 제가 찾아보겠습니다."

동욱은 손에 들고 있던 철호의 가방을 윤 형사께 건네주었다.

윤형사도 "앞으로 다시는 그런 실수를 하지 않겠다"는 말을 남기고 차를 몰아 아파트를 빠져 나갔다.

천 사 의 눈 물

09

장철호 경찰에 자수

09

10월 19일 월요일 아침.

구리경찰서 윤 형사한테서 전화가 왔다.

내용인즉, 동욱에게 실컷 얻어맞고 도주를 했던 장철호가 송파경찰서에 자수를 했다는 것이다. 동욱은 깜짝 놀랐다. 왜 그가 자수를 했는지 이유를 알 수가 없었다.

'아니 나에게 얻어맞은 것이 분해서 고소라도 하겠다는 건가?' 라는 생각을 속으로 해 보며,

"윤 형사님 그놈이 왜 자수를 했다는 겁니까?"

라고 묻자 윤 형사 왈,

"글쎄요, 자세히는 모르겠습니다만 여기저기서 수배를 내려 더 이상 불안해서 못 살겠다고 하면서 '이제 모든 죄를 다 받고 새 출발을 해 보겠다' 며 자수를 했다고 들었습니다."

"그래서 일단은 제가 직접 가서 만나보고 난 후에 자세한 말씀을 드리겠습니다."

"그럼 언제쯤 송파경찰서를 가실 건가요?"

"그 애 물건도 전해 줄 겸 지금 바로 갔다 오려고 합니다."

"그럼 다녀오시면 전화를 해 주세요?"

"네! 그렇게 하겠습니다."

하며 동욱은 전화를 끊었다.

그날 오후 3시쯤 윤 형사에게서 다시 전화가 왔다.

"선생님! 송파경찰서에서 지금 조서를 꾸며 검찰에 송치를 하려고 하는데 사안이 그렇게 중범죄가 아니어서 어쩌면 벌금형으로 떨어지기가 쉬우니 선생님 건(강간, 협박)을 추가로 첨부시켜 구속을 시키기로 하였으니 처제가 진술을 좀 해 주셨으면 합니다."

"무슨 말인지 잘 알았습니다. 집 식구들과 상의를 해보고 결정하겠습니다."

"지금 제가 ○○아파트로 가고 있습니다."

"그래요, 일단 오셔서 차라도 한 잔 하시죠."

하고 전화를 끊은 다음 동욱은 가족들을 불러 모았다. 그리고는 윤 형사와 전화 통화한 내용을 가족들에게 자세하게 설명하였다. 동욱의 말에 제일 먼저 반대를 한 사람은 딸 성현이었다.

"엄마가 진술을 모두하고 재판이 열리게 되면 피해자로서 재판에 꼭 참석을 할 것이고 그때 아빠가 그런 사실을 알게 된다면 더 큰일이 벌어질 것이 뻔 하잖아요. 그런데 어떻게 진술을 해요?"

그러자 지수 이모가 이렇게 말을 했다.

"야! 그럼 너희들이 평생을 그놈 때문에 불안에 떨며 살아야 하는데 지금 모든 사실을 다 털어놓고 그만한 대가를 치르게 해야 해. 그 대신 이쪽 사정을 고려해서 재판에는 참석 안하는 방법을 찾아야지."

하고 말했다.

그러자 안산에 사는 큰언니가 말을 했다.

"그놈이 재판에서 모든 것을 순수하게 인정을 하면 모르겠는데 만약에 범죄사실을 극구 부인을 하고 나선다면 부득이 피해자를 불러 맞대면을 시키지 않겠어? 그래서 재판에 꼭 안 나간다는 보장은 못 하지 않겠어?"

"맞아요, 그럼 농장에서 단 둘이만 있다가 법원에 가면서 어떻게 아빠 몰래 나올 수가 없잖아요."

성현의 말이었다.

"그렇다고 처제가 이렇게 큰 피해를 보고도 아무 조치를 취하지 않는다면 그놈이 더 얕잡아 보고 날뛰면 그때는 감당을 못할 꺼 아니야?"

지금까지 이야기를 듣고만 있던 동욱이 한마디 했다.

잠시 모두들 침묵을 했다. 지금으로서는 어떻게 하는 것이 좋다고 누구도 주장을 할 수 없었다. 얼마의 시간이 흘렀을까 침묵을 깨고 말을 한 사람은 동욱이었다.

"좋아요 그럼, 일단 이번일은 여기서 접기로 하고 그놈이 경찰서에서 나와 다시 협박을 한다거나 함평에 있는 농장으로 찾아온다면 그때는 모든 것을 동진에게 다 털어놓고 정식으로 고소장을 써서 경찰서에 접수를 합시다."

"아니 그 새끼가 협박으로 끝낼는지 아무도 없는 농장에서 살인을 할지 모르는 일이잖아요."

동욱의 말을 받은 사람은 큰언니였다.

"엄마! 일단 핸드폰 전화와 집 전화번호를 바꿔요."

성현의 말이었다.

"얘는 그럼 장사에 지장이 너무 많아. 그리고 아빠한테 뭐라고 하고 전화번호를 다 바꿔."

하며 숙희가 딸에게 눈을 흘긴다.

"그럼 일단은 핸드폰이라도 바꾸고 조용히 기다려 보는 수밖에 없어요."

라고 동욱이 말을 하자 모두들 찬성을 하였다.

그러는 사이 초인종이 울려 문을 열어 보니 윤 형사와 조 형사가 들어왔다. 식구들이 다 같이 한자리에 앉았다.

"여보! 커피 좀 타 와요."

동욱은 커피를 주문한 뒤 윤 형사에게 조금 전까지 집안 식구들이 나눈 의견을 모두 설명하였다.

윤 형사는 자리에 앉으며 조서 꾸밀 용지와 볼펜을 꺼내 놓으려다가 동욱의 설명을 듣고는 이렇게 말을 했다.

"이런 나쁜 놈은 그냥 놔두면 대한민국 법이 무서운 줄을 몰라요. 그래서 이런 놈은 인정사정 볼 것 없이 혼을 내 줘야 합니다."

"우리도 그렇게 생각을 합니다. 하지만 함평에 있는 동진이라는 사람이 평범한 사람이 아닙니다. 만약에 이런 모든 사실을 그 사람이 알기라도 했다간 그때는 더 큰 사고가 날 것입니다."

둘째언니 지수의 말이었다. 그 말을 들은 윤 형사는 한참을 아무 말 없이 생각을 하고 있다가,

"저는 집안 식구들의 말을 우선 존중합니다. 여기 계신 분들의 의견이 그렇다면 저로서는 그 말에 따르는 수밖에 없습니다. 그러나 이번 일은 나로서는 너무나 억울하고 화가 나는 일입니다."

"그런 마음은 우리들도 마찬가지입니다. 그러나 나로서는 우리 처제의 안전이 우선이지 꼭 그놈을 처벌하는 것이 우선은 아니라고 생각합니다."

"다만 그놈이 이미 수배가 내려진 죄목이 있어서 그걸로 처벌을 받아 반성을 했으면 하는 마음입니다."

하며 동욱은 이렇게 마무리를 하고 있었다.

"그럼 앞으로 혹시 무슨 일이 생기면 꼭 저한테 전화를 주세요. 이번 일은 제가 끝까지 도와드리겠습니다."

인사를 하고 윤 형사는 돌아갔다.

그렇게 해서 모든 일은 일단 마무리를 하고 숙희가 무사히 함평 농장으로 돌아가는 일만 남아 있었다.

전라남도 함평! 민요 '함평천지'로 유명한 곳이다. 그리고 또 함평한우로 유명한 곳이다. 몇 년 전부터는 나비축제(매년 4월 29일~5월 10일까지)를 열어 전국적으로 유명세를 타기도 했다.

어느 누구도 생각지 못했던 각양각색의 나비들을 한곳에 전시해 놓고 남쪽의 따뜻한 기후조건을 이용해 봄이면 수십만 마리의 나비를 방사하며 전국의 관광객들은 물론 해외에서도 관광객들을 모여들게 하였다.

나비축제가 대 성공을 거두자 이제는 매년 봄이면 으레 열리는 하나의 축제로 자리를 잡았으며, 거기에 따라 각종 먹을거리 또한 빼놓을 수 없는 명품이 되었다.

인접해 있는 바다에서 갓 잡은 '세발낙지'가 유명해졌고, 한우 육회를 듬뿍 넣은 6,000원짜리 '육회 비빔밥'도 빼놓을 수 없는 명품이 되었다.

또 해수를 이용한 '유황 해수탕' 뿐이 아니고 약 109평방미터의 평야지에 매년 10월 말부터 11월 초 사이에 국화축제를 열어 또 다른 볼거리를 제공해 주었다.

그 밖에도 자연생태공원(난 전시회)과 복분자 주, 뽕나무열매를 이용한 오디 와인도 전국에서 최초로 개발하여 생산하고 있는 아주 인심 좋고, 살기 좋은 곳이었다.

조선시대에는 지명이 함풍이었으나 일제 식민지를 거치면서 함평으로 바꿔 불렀다.

천 사 의 눈 물

10

천사의 눈물

　큰언니와 둘째언니는 차라리 이번 기회에 이혼을 해 버리라
고 하며 동진의 큰집 형님 앞으로 되어 있는 재산도 모두 찾아
식구들 모두에게 분할을 해 놓으라고 난리를 쳤다.

　그러나 이때도 동욱은 이혼을 절대 반대했다. 그 이유로는
"남편이 술을 먹으면 개지랄을 할 때도 있지만 집이 있고, 돈
도 있고, 사랑하는 자식들이 지금 한창 공부 중에 있는데 그 56
세의 나이에 이혼을 해서 무슨 좋은 일이 있겠느냐?"며 반대
를 했다.

　"처제의 나이 56세, 지금 남편과 이혼을 해서 어디 가서 어느
남자를 만나 지금보다 행복할 수 있겠느냐, 아니면 여자의 몸
으로 죽을 때까지 혼자 산다면 무엇이 그렇게 좋고 행복하겠느
냐? 지금 처제는 함평으로 돌아가서 지금까지 해 왔던 것처럼
소 팔고 고기 팔아 애들 학비 대주면서 애들 자라는 모습 보면
서 살아가는 것이 젤 행복이 아니겠느냐?"며 설득을 했다.

　동욱의 말을 옆에서 조용히 듣고 있던 성현이가 말없이 눈

물을 흘리고 있었다. 성현이도 아빠의 술주정을 너무도 잘 알고 있었다. 그렇다고 명색이 아빤데 다른 사람들과 같이 아빠 욕을 할 수도 없었다.

그러나 그런 아빠 편을 누구 한 사람 들어주는 사람도 없었다. 그런데 이모부의 말을 듣게 되자 자기도 모르게 그동안의 마음속에 감춰 두었던 설움이 한꺼번에 북받쳐 올라와 흐느껴 우는 것이었다. 그 모습을 무심결에 쳐다보던 숙희가 성현을 끌어안고 "성현아! 미안해"라고 말을 했다. 그러자 성현은 더 크게 울기 시작하였다.

성현을 안아주던 숙희의 눈에도 눈물이 가득 고여 있었다. 그 순간 옆에서 두 모녀의 모습을 보며 앉아 있던 큰 이모, 작은 이모, 작은 이모부는 아무런 말도 하지 못하고 숙연하게 그 둘의 모습을 보고만 있었다.

"엄마! 엄마도 이혼하고 싶어?"

"성현아! 넌 엄마가 이혼했으면 좋겠어?"

"그동안 아빠가 엄마한테 어떻게 했는지 다 알고 있어, 엄마가 만약 이혼을 한다고 해도 난 엄마를 다 이해할 수 있어."

"성현아! 걱정하지 마, 엄마 이혼 안할 거야."

하며 두 모녀는 더 세게 끌어안았다.

"엄마! 고마워 흑 흑 흑!"

"성현아! 흐~ 흑 흑 흑!"

두 모녀가 이제는 눈물 콧물을 흘리며 통곡을 하고 있었다.

숙희, 그녀에게 지금은 사랑이 다소 식기는 했지만 남편도 있고 누구보다도 든든한 아들, 또 친구 같은 딸이 있으며, 돈도 부족하지 않을 만큼 있었다.

누가 뭐라고 해도 남부럽지 않으며 부족할 것 없이 다 가진 여자이다. 그러나 지금 이 순간만큼은 그렇지가 않았다. 마치 북풍한설이 몰아치는 넓은 벌판 한 가운데 벌거벗고 혼자 서 있는 외롭고도 가련한 한 여자였다.

솔직히 말해서 지금 그녀의 마음을 남편, 아들, 딸, 어느 누구도 그녀를 따뜻하게 안아주며 의지가 되어 주지 못했다.또 형제들이 6남매나 되어도, 조카들이 즐비하게 있어도 숙희의 마음은 마찬 가지였다. 그녀에게는 아무 의미조차 없었다. 그래서 그녀는 외로운 파랑새처럼 울고 있는 것이었다.

그의 모습을 옆에서 보고 있는 이모들도 울었고, 동욱도 흐르는 눈물을 감추려고 고개를 돌렸다.

산속에서 세상물정 아무것도 모르고 오직 남편에게만 의지하며 살고 있는 천사 같은 여자를 무엇이 이렇게 슬프게 하는 것일까? 그녀의 뺨을 타고 하염없이 흐르는 눈물은 분명 '천사의 눈물' 이었다.

그렇게 얼마를 울었을까? 숙희의 전화벨이 울리는 바람에 숙희는 눈물을 닦으며 전화를 받았다. 상대는 함평에 있는 동진이었다.

"여보! 빨리 안와?"

"당신이 술을 끊는다고 각서를 쓰면 내려갈게."

"그래 내가 술을 끊을게, 빨리 내려 와!"

"말로만 하면 안 내려가, 각서를 써서 줘야지."

"아니 남자가 끊으면 끊는 거지 무슨 각서는 각서야 생뚱 맞게."

"당신이 그동안 수없이 내게 술을 끊는다고 약속을 했지만 전부 거짓말이었잖아. 그러니까 이번에는 각서를 확실하게 써 줘야 내려갈 거야."

"알았어! 각서 써 줄게 빨리 내려와. 당신이 일주일도 넘게 집에 없으니까 장사도 못하고 소들도 엉망이 되었잖아."

"그래 알아, 그러니까 각서를 쓰라니까?"

"그래 써 준다고 했잖아!"

"당신 친구까지 입회해서 써. 안 그러면 당신은 써 주고도 오리발 내미니까."

"뭐? 친구를 입회시키라고?"

"그래 증인이 있어야지."

"알았어! 버스타면 시간이 많이 걸리니까 택시타고 내려와."

"택시비가 어딨다고 택시 타고 오래."

"택시비 내가 준비하고 있다가 줄 테니까 무조건 택시타고 내려와.”

　“아휴! 서울에서 함평까지 택시비 50만 원은 줘야 된다. 그런데도 택시를 타?”

　“그래, 50만 원이 아니라 100만 원이라고 해도 내가 줄 테니까 택시 타고 와.”

　“어이구 어이구! 돈 많이 있나 보네.”

　“그래, 이 정동진이 그 정도의 돈은 있어 빨리 와.”

　“알았어, 오늘은 너무 늦었고 내일 아침 일찍 출발해서 내려갈 테니 그동안 밥 잘 먹고 소 잘 돌보고 있어.”

　“그래 그럼, 내일 일찍 와.”

하고 전화를 끊었다.

　숙희는 전화를 끊고 참으로 오랜만에 언니들과 성현을 데리고 목욕탕으로 갔다. 그동안 쌓인 몸과 마음의 때를 모두 밀어버리고 싶어서인 것 같았다.

　다음날 아침 숙희는 마치 천사인 듯 날개옷을 입고 밝은 웃음을 활짝 웃으며 성현의 손을 잡고 고속버스터미널로 나갔다.

　“엄마! 아빠가 빨리 택시 타고 오라고 했잖아.”

　“얼랄라! 야가 정신이 나갔나 봐. 야! 택시비가 얼만디 거기까지 택시를 타고 가, 시끄런 소리 하지 말고 빨리 따라 와!”

　“택시비 아빠가 준다고 했잖아!”

"그렇게 펑펑 돈 다 써버리고 느그들 뭣 가지고 공부할래? 빨리 따라 오기나 해, 하 하 하!"

두 모녀는 행복한 웃음을 웃으며 손을 맞잡고 고속버스에 올라탔다. 그리고는 날개가 있는 천사처럼 훨훨 날라서 함평으로 단숨에 내려갔다.

그 두 모녀의 정겨운 모습은 누가 봐도 천사의 미소였다.

그 후 장철호는 재판에서 벌금 300만 원형을 받았으나 벌금낼 돈 300만 원이 없어 성동구치소에 수감되었다가 한 5일 뒤, 묘령의 여자가 와서 벌금을 다 지불하고 풀려나 그녀와 같이 갔다고 했다.

천사의 눈물

초판인쇄 2011년 6월 28일
초판발행 2011년 7월 5일

지은이 | 이질범
펴낸이 | 서영애
펴낸곳 | 대양미디어
등록 | 2004년 11월 8일 제2-4058호
주소 | 서울시 중구 충무로5가 8-5 삼인빌딩 303호
전화 | 02-2276-0078
팩스 | 02-2267-7888
전자우편 | sdanbi@kornet.net

값 | 10,000원
ISBN 978-89-92290-41-8 03810

＊ 파본은 교환하여 드립니다.